Chang
1825 N. Kingsley Dr., #305
Los Angeles, CA 90027

Miss Sharon Chung
116 Chapin St.
Ann Arbor, Michigan 48103

停车暂借问

钟晓阳 著

北京出版集团公司

北京十月文艺出版社

青马〔天津〕文化有限公司
出　品

目 录

来自洛杉矶的信

《停车暂借问》这次重出，我想告诉读者我写作生涯里的一个重要事件。是这样的：

一九八二年《停车暂借问》在台湾由三三书坊出它的第一版时，我是美国密执安州安雅堡市密西根大学的一年级生。三三书坊是台湾作家朱天文和朱天心在当时与家人好友合办的出版社。该是在后来的一次通信中，朱天心把张爱玲的洛杉矶住址给了我，嘱我给她寄一本。我照她的话做了，附了一封信。不知哪来的勇气，一点也没害臊的就把书寄给了张先生。我没想过会收到回信，但数月后我收到了回信。

这时我已是二年级生，离开了宿舍在校园附近的一个人家租了个房间。收信读信的详细情形不记得了，但我记得那狂喜，那小心翼翼珍而重之。

我写的信没有留底稿，能记得的部分都是凭借回信想起的。

有两处我觉得要稍作解释：

——"续篇当然情调不同了，怎么说是败笔？"——"续篇"指的是小说的第三部分《却遗枕函泪》。我在信中提到对这续写的第三部分不满意，觉得是败笔，所以回信里有这两句话。

——"报纸总是引错话，千万不能介意。"——这是回应我提到报纸称我为"小张爱玲"的事。记得我还写了一些表示歉疚和惭愧的话，想是我词不达意，张先生以为报纸引错了话。

往后的日子里，这封信都和我的重要文件放在一起，随着我迁移。但我拿出来看的次数并不多。我想我是完全没办法叙述，每回展读是怎样一种心情激荡的经验。说不清楚是因为那字体，那话语，还是写信人手泽的温度。愈是年深月久，愈是觉得意味深长。

这一生仅有过一次的联系，本是因《停车暂借问》而来。把信拿出来放在书里，是为了把事情来完整了，把从未说过的说一遍。关于一封信被贴上邮票从洛杉矶寄出，一个年轻女孩在安雅堡收到了信。关于前辈作家与后辈，关于勉励，关于温暖，关于感激。是快乐的故事，也是珍贵的回忆。

锺曉陽

二〇一九年五月

致中国大陆读者

此书初版于一九八二年。

依古时候三十年为一世的算法,到明年就历经了"一世"。

它是有过简体版的,九十年代在某些内地书摊买得到。但是以本来的书名,经由企业化的流程面世,则这是第一次。也是我第一次接触内地业界的编辑团队,亲身体验新生代的实力。在此感谢新经典文化的同事们费了许多工夫,制作出这个简体版。

它是我第一部长篇小说,借用母亲的出生地沈阳作为主要叙事背景。一九八〇年我随母亲回去探亲兼搜集写作材料,自此没再回去。这些年全靠母亲独力支撑这块话题,隔三差五包顿饺子,随时随地念叨一遍外婆的火烧,想老同学了就走趟东北串几天门儿。没有她动辄发作的思乡病就没有《停车暂借问》。

三十年过去，母亲从壮年走向老年，我从少壮走向初老。自母亲向我叙述家乡风物即已开始的这个旅程，借着小说在中国大陆出版而得到完成。

曾经我因着这部书，涉足文学场，结交到朋友、读者，携回欢聚时光的记忆。

希望它为每位翻开它的读者都带来片刻美好的、哪怕是极飘忽的遥远时空的想象，像我从母亲的叙述里得到过的一样。

二〇一一年七月于香港

第一部

妄住长城外

"奴是那二八满洲姑娘，三月里春日雪正融，迎春花儿花开时……亲爱的郎君你等着吧！……"

　　奉天城里有一条福康街，福康街上有一座四合大院。这宅院门前是两棵大槐树，槐叶密密轻轻庇荫着两扇狮头铜环红漆大门。门内两旁是耳房。从大门起，一条碎石子径穿过天井迤逦到正厅。天井花木扶疏，隐隐一带回廊透出兴趣无限，东西两侧分别是左右厢房。

　　而歌声是从左厢房里袅袅传出，十分闺阁秀气，委委弱弱的一丝儿，像绣花针曳着绒线在园中刺绣，却又随时要断。

　　房门"呀"一声开了，赵宁静一手卷玩着发辫梢，一手拨开珠帘跨出来，恰见乳母江妈在打扫偏厅，手里一把鸡毛掸子孜孜拂着桌椅，虽不见得有什么尘，可还是让人觉得尘埃纷飞。

　　"江妈早！"宁静笑嘻嘻地招呼道。

　　江妈亦道了早，说："我给你端稀饭去。"

　　"江妈别，我到外面吃去。"

　　对过的房里传来几声浊重的咳嗽，和"喀啦"吐一口痰，能想象到那口痰哒一下落在痰盂里的重量。

宁静凑前问："妈昨晚怎样了？"

江妈道："今早过来喘得什么似的，敲门不应，咱也不敢进去。"

宁静明知是怕传染，不好揭破，又问："永庆嫂呢？"

"昨晚服侍太太一晚上，现在床上歪着呢！"

宁静欲要进房，看天色尚早，母亲一夜不曾熟睡，此刻进去恐不相宜，便闷闷地出了庭院。这时春阳烂漫，照在一草一木上寸寸皆是光阴，又时时有去意，要在花叶上滑下来的样子。园中的茉莉、牵牛、芍药、牡丹、夹竹桃、石榴、凤仙……要开的已经开了，要谢的还没有到谢的时候，放眼望去腾红醋绿，不似斗丽，倒是争宠。她走到碎石子径上，细细碎碎尽是裂帛声。院后洋井叽啦叽啦响，有点破落户的凄凄切切，胡弦嘎嘎。一回头原来是吴奎在引水浇花。

她跨过门槛，一脚踩在整片槐花上，才知两树槐花早已开得满天淡黄如雾起，而那香气是看得见、闻不到的。拐出衚口，一牖牖都是里黄外黑的窗帘，把春天的脸拉得老长，那是为怕夜里暴露目标而设的。到了小河沿前的一列小吃摊，她买了一个热腾腾的煎饼果子，慢慢走着吃。刚进小河沿，听得有人"小静、小静"地唤，却是张尔珍急步趋近，远远地便问："上哪喀儿？"

"蹓跶蹓跶。"宁静说。

这张尔珍是赵家第三代佃户张贵元的女儿，到城里念书，与宁静同一所中学，年纪比宁静小，所以仍不曾毕业，人长得胖乎乎的，比宁静更大姐样儿。

"不用上学吗？"

"还早呢！"

两人并肩行在一行柳树下，柳树深深的地方似有鸟雀啁啾，春意愈发浓了。

"你知不知道，周蔷怀了孩子了。"张尔珍道。

"是吗？"周蔷是她同期同学，只念两年，跟一个家里经营面馆的朝鲜男孩要好起来，随即退学结婚，家人也反对不来。"怎么我上次去也没听说？"

"还是我昨儿下午上她家串门子才知道的，这两天的事罢了！"

宁静吃毕煎饼果子，舔舔油腻的手指头道："赶明儿俺们一道贺贺她去。"

踱到湖边，湖水浸绿凝碧，映着天光一派清晓如茵。宁静把手绢儿在水里濯一濯，扭干了擦手。

张尔珍靠在一根树干上道："你说周蔷为什么嫁个朝鲜人呢？没的白惹人闲话。"

"有啥为什么的，朝鲜人不也一样？不见得短了眼睛歪了嘴的，值得你们这般口舌。"

"哎，可别拉扯上我，我跟周蔷最要好的了。"

宁静抿嘴一笑，低头不语。两人又绕到小吃摊，各买一包绿豆丸子，路上戳着吃。谈话间，张尔珍一声"了不得"，猛地拉着宁静往另一方向走。

宁静不解道："咋地了？"

只见几个草黄军服扛着枪刺的关东军打不远处走过。

她嗤笑道："哟！我道是啥事儿呢！左右还不是人？就骇得你这副嘴脸啊！亏得你五大三粗的，原来胆子还不够我一根手指头儿粗！"

"你少贫嘴！"张尔珍鼓起腮帮道，"我看见'什么'人就腻应的上。"她们惯常碰到"日本"这两个字都用"什么"代替，以防隔墙有耳。

"这可不假，圆咕噜咚又一个，圆咕噜咚又一个，矮爬爬扁塌塌的，走道儿朣得朣的，眼睛小不丁点儿的……"宁静边比边说，说说自己笑起来。

张尔珍急道："喂，小静，你说话别没深没浅，没时没候的，当心让人逮着。"

"我可没那么窝囊……"

蓦地一阵"呜呜呜"的警报声淹没了她的话，像一堆沙埋住一只蚁。四面八方是撼人的"呜呜呜"，仿佛无数黄蜂在人们脑后追着嗡着催着。

张尔珍吓得整包绿豆丸子扔了，挽着宁静撒腿就跑。只见满街男女女、老老少少，尽都拼命朝最近的防空洞奔去，有女人找孩子的，有老的携幼的，有小的喊妈的，全都抱命而逃，一面吆喝着："快跑呀！""空袭了！"乱得简直鸡飞狗走，人就贱得鸡狗一般。这一切给宁静一种幽明之感，仿佛灵体两分，躯壳在那周围叫着跑着，自己在阴间听着阳界的声音、熙攘；不防后面一个人搁她肩旁擦过，冲力太猛，她脚下一个不稳掼倒了，跌个虾蟆爬，手里的绿豆丸子泻得满地骨碌骨碌滚。那人又折回来帮着张尔珍扶她，也来不及道歉，三人一同往防空洞跑。

防空洞三面泥墙，战壕似的挖成一长条，洞顶略比人高一二尺，这个比较小，所以格外挤，呼吸喷着呼吸，脸对着脸，一张张木木的脸，好像忽然回到石器时代，因为不知道那时候人的表情，也就作不出来，彼此更不适应。眼睛是两口深井，有点儿水，浮着绿苔。

外面上空的侦察机嗡嗡嗡地盘旋着，苍蝇挨食的嗡嗡嗡。有的人只管往上翻白眼，似乎能穿破洞顶看见蔚蓝的天空，同时恐惧得咽着口涎，生怕炸弹正好掉在自己头上。洞内渐渐起了骚动，有换姿势的，低声诅咒的；站在宁静隔壁的累得一蹲蹲在墙脚根，扯出毛巾拭汗。那时候男人作兴把毛巾挂在腰带上，一直垂到臀部，套上衬衫露出那么一小截方块儿，几根流苏，很有些泄漏天机的意味。宁静也想靠靠，不料才一动，膝头辣辣地痛起来，方记起路上让人碰一跤那回事，随即想起那个穿白衣草绿裤的人来，是个青年人，不知给挤到哪儿去了。许是长年与日本人接触所培养出来的直觉，她猜他是日本人。可是他有一双大眼睛，黑森森，幽燐燐的，打她脸上一闪而逝。

她不知道此刻正有这么一双眼睛瞅着她，黑森森，幽燐燐的，瞅着她的乌油油的麻花大辫，单单一条，斜搭胸前，像一匹正在歇息吃草的马的尾巴，松松的，闲闲的。一字眉是楷书一捺，颜真卿体。两颗单眼皮清水杏仁眼，剪开是秋波，缝上是重重帘幕。鼻梁骨稍稍凸出，有一种倔绝的美。脸型却是柔和的，小小坠坠的下颏，仿佛一只火候极到极肉头的蒸饺。她着一件元宝领一字襟半袖白布衫，系黑布直裙，白袜套，黑布锅巴底鞋，素净似一幅水墨画，眼是水、眉是山，衣是水、裙是山，叫人单纯得不想别的，单想东北一家大姑娘，养在深闺人未识，天生丽质难自弃……

约有两顿饭光景，警报便以一种低沉呜咽的腔调响起，各人舒一口气，陆续步出防空洞，做各人的事去了。宁静一出洞口，那年轻人迎上前，鞠躬道："小姐，对不起，才刚儿把你撞跌了。"

他是日本人！他是日本人！她想。

这当儿张尔珍才出来，几步外等她。

"没事儿。"她笑道。

"真的没事儿。"她见青年人不放心，强调一句，便离开他与张尔珍一道走了。走走把大辫子甩到背后。头一偏，那么一甩，很挑衅的。

家里还有一点儿劫后余悸的气氛，想是才躲过警报的关系，她家的防空洞就在后院挖的。宁静遥遥望见正厅里姨奶奶在喝茶，一口一口呷着，旁边二黑子给她扇扇子，其实天气根本不热，约是受惊的缘故。宁静原想直接回房里去，但既然看见了，不好就走，只得上正厅喊声"阿姨"。

　　姨奶奶微微笑了笑道："你倒早，才刚儿躲警报我还张罗找你呢！"

　　宁静胡乱做个表情算是答复，在红木镶大理石圆桌边坐了。姨奶奶又搭讪两句闲话，宁静始终是淡淡的。不一会儿，江妈端早饭来。一碗稀饭，一碟白果，一碟西红柿，一碟腌咸菜，白红绿的，看上去清凉悦目。要给宁静加碗筷时，宁静推说不必，问姨奶奶道："爸爸呢？"

　　姨奶奶亦不知，问二黑子，二黑子道："老爷一早提着鸟笼到西门帘儿去了。"

　　"唉！反正也是成天绕哪儿跑，家里啥地方不周到了？"姨奶奶这么唠叨着，低头嗤溜嗤溜地喝粥。

　　宁静注意到那"也是"，分明包括她在内，很不服气地道："待着也是待着，我又不是三寸金莲不出闺门，坐多了，老得快。"

　　姨奶奶唐玉芝来自守旧的家庭，缠过脚，虽然放了，仍旧不大点儿。她罩一袭宝蓝绣福字绸旗袍，一个个"寿"字困在一框框圆圈里，整个的是一轴裱得直挺的仿古百寿图。她的整张脸也是一个"寿"字，长而复杂，充满横纹，有些表面上的喜气，可惜过时了，变成滑稽。

厅里只有玉芝唏溜唏溜的喝粥声，像有人在墙上凿个洞吸着这厅里的空气。宁静本想回房，但此刻离去，倒仿佛跟玉芝赌气似的，便多坐一会儿，把辫子挪到前面来卷着撩着，红头绳上有岔出去的绒须须，便把它们捻成一股股的。

玉芝耐心地挑咸菜叶吃，鼻翅已沁出点点汗珠。宁静不由得想起母亲汗盛，这么一碗稀饭，够叫她汗水淋漓的了。以前跟爷爷一块住，一顿饭只敢吃半饱，怕饱足了满头大汗的失礼于人，不似姨奶奶不过珍珠般的一小串，是白牡丹上的滚滚肥露，福禄无疆。

玉芝搁下碗筷，用手绢儿揩揩汗，接过二黑子的扇子自己扇。忽然想起什么，浮眼皮瞌睡似的颤颤巍巍，上下把宁静打量一过，来者不善地笑道："小静今年十八岁了吧！"

宁静见问得奇，蹙眉道："咋的了？"

"不小了嘛！是大姑娘了！"玉芝干笑着说，小动作地摇扇，不起风的。

"小是不小了，没有你大就是了。"她虽出口狡猾，心里可有点儿紧张，忘形地一味捻着绒须须，用劲一猛，竟把绳结抽松了，忙用手捏紧辫梢，正好借故回房梳头。多半女孩子到了十六七八，对某些问题总特别敏感，容易产生联想，甚至幻想。

宁静梳好头，即到母亲处。母亲房里终年是桑榆晚景的悽恻，傍晚残阳落在檐前，是回光返照。老佣永庆嫂朝夕在此照料，一切干净，倒像在与死者沐浴更衣。

她进去时母亲醒着，呆呆地半躺在炕上，见她进来，似乎十分高兴，拍拍炕沿喊她坐。

她看见一排窗户闭得严严的，便过去开窗，一面道："怎么永庆嫂也不开窗，多闷的上！"

"我叫她甭开的，害怕着凉。"

宁静坐到母亲炕边，膝头倒又痛起来，才想起回来这么久还没有察看过。

母亲枕边搁一个小铁罐，让她吐痰方便的，此刻罐底胶着两口痰，带点儿血丝，像她的黄铜色的脸。宁静不由得一阵心酸。

"小静你说我这病能好吗？"母亲隔些时日总要问的。

"能好的，好好养息，怎不能好呢？"

母亲长长叹息一声道："好不了啰！"

宁静正感到难过，一股药味飘了进来，是永庆嫂捧药来了，放在通风处凉快。见到宁静，就嘟嘟哝哝叨咕早上的事，大奶奶怎么不愿起来躲警报，怎么要她自己走，她怎么放不下，只得拉上帘子守在屋里，还没炸呢倒差点儿给吓死了……

一阵过堂风，把一边没钩牢的帐幔子吹落了，大红缎的帐幔荡到宁静面前，母亲的脸深深嵌在幔影里，头发乱披着，颧骨高高的，如骆驼峰。朝她笑时竟含着慈悲安详，像远远云端的一尊观音，很远很远的。

"妈，我给您篦头。"她说。

随即把篦子絮上棉花，脱了鞋，就爬到炕上紧靠墙那边，兴致很好地替母亲篦着。因是跪坐的姿势，膝头的痛又在作祟。

母亲终日缠绵病榻，绝少出门，因此篦子上的棉花不怎么见黑，只是头发又干又脆，一篦下去掉得满床都是。宁静马上收了手劲儿，仅让篦子在母亲发上轻轻滑，轻轻滑。

"你以后没事儿就别常来吧！"母亲道。

"我不怕传染。"

母亲不再言语，幽幽叹一口气。

李茵蓉嫁到赵家也有三十年了。当初凭了父母之命，媒妁之言，一肩花轿把她从李家铺子抬到三家子，从此是生作赵家妇，死作赵家鬼了。可是赵云涛受的是洋教育，崇尚自由恋爱。加上李茵蓉愣愣板板，无一点少女娇媚之处，赵云涛更为不喜，新媳妇过门不久，便远赴上海复旦大学攻读了。夫妻一别十二年，待赵云涛回来，李茵蓉已三十冒头，这才有了宁静。多年后，赵云涛在外面养了小公馆，多了一个家，经常彻夜不归。三年前茵蓉得了肺病，云涛嫌病人琐务繁多，抓住机会，叫茵蓉搬到西厢，然后把玉芝接回来当姨奶奶，还带着八岁的小儿子赵言善。理由是病人不宜劳神，暂由玉芝当家。可是当家权一旦落入他人手，又哪里能追得回来呢？玉芝既入了赵家门，又哪里能再走出去呢？茵蓉生性容忍，懒得争这闲气，干脆退隐起来。

比起家底，玉芝自是及不上茵蓉是大户人家出身，可是她跟一般姨奶奶一样，多上两分姿色伶俐。当初委曲求全，也是盼这么一天，踏入赵家门，就什么都好办了。天下姨奶奶，哪个不是看钱财分上的？不过现在她倒不急；茵蓉看来命不长久，宁静迟早得出嫁，况且——三千宠爱在一身。

茵蓉倒并不恨，就是怨，也只怨自己命薄而已。从嫁到赵家第一天起，她就立定主意守它一辈子的。如今只有宁静给她作伴儿，两人相对有时也无话可说，她会讲些童年的生活，私塾念书的情形，教宁静几首诗词，让宁静唱歌她听，唱去了年轻，唱来了苍老。日子似尽还续。

今天是宁静相亲的日子。

宁静相亲，是姨奶奶暗中捅咕的，托娘家人保的媒。虽说不急，有宁静这口舌利巧，不买她账的在，终是碍事。早早把宁静打发走了，也好一劳永逸。

宁静肚里雪亮，可还是开开心心装扮起来。遇上合适的，她未尝不想嫁。这个家她是待够了，除了母亲，没有什么可眷恋的。然而怎么样方是合适呢？英俊？有钱？她一面换衣服一面胡乱想着，穿的是一件桃色碎花对开短衫，仍旧系黑直裙。外面风动树梢，宁静支起窗户，低低哼着歌，对镜编辫子，心里还是乱乱的，手势不稳头发松了，只得重新再来，偏偏赵言善在窗外鬼头鬼脑地往里张望，她迎上前，小善兴奋地道："姊，锁柱子家的梨花开了，喊我们去瞧，可以砍一枝回来呢！"

虽则同父异母，两姊弟却处得不错。他知道她顶爱梨花。她盘算着，客人晌午才来，可以玩一早上，念头一动，不禁玩心大起，收拾收拾，便急急忙忙走了。

晌午时分，客人如约到来，赵云涛陪他客厅里聊天。玉芝急得只是搓手在一旁团团转，红漆大门依然久久无动静。

终于，大门处进来一株白梨花，就像桃花那样一大株，阳光下飞飞泛泛，仿佛一棵火树银花在那儿斥斥错错烧着。愈烧愈盛，愈烧愈近，葱绿叶中透点桃红，是宁静的花衬衫，也在斥斥错错烧着。到了半路，梨花移到小善肩上，宁静两颊红赧赧的碎步过来，仿佛梨花还没有烧完，还在她腮上灼灼地烧。

玉芝因笑道："哎哟！小静哪儿去了，'戚儿'早来了，等你老半天，来来！我给你介绍一下。这是郭恒先生……哪，这是俺们小静。"

宁静利利瞪她一眼，不作声，转即看那郭恒。是副朴素老实相，听说家里开当铺的，他帮着打理，没读过什么书，有两个钱儿就是了。二十好几了吧，宁静想。

她打对面坐了，赵云涛宠宠地问："干哈去了，玩得埋里埋汰的回来？"

"看梨花嘛，原先打量着早回来，锁柱子妈又弄馄饨俺们吃，不吃馋的上。"赵云涛哈哈笑起来，宁静也笑了。

保媒的大娘笑道："姑娘装袋烟吧！"

玉芝也帮腔："是呀！装袋烟吧！意思意思。"

宁静嘬着嘴不肯，与她父亲说。她知道父亲新派，不讲究这些俗套。

赵云涛果然拍拍她道："好，好，免了吧！免了吧！"他不怎么看得上这姓郭的。

玉芝碰了一个钉子，有点不甘，又撺掇两人出去吃顿饭。宁静倒爽快，站起来就走。下馆子自然男的请客，她就敲他一杠。

两人逛着最旺的中街，宁静习惯地把辫子卷着玩，循着方砖子走，一步踩一格，一步踩一格。

郭恒长得高，高得过分，以至肩胛向前伛着。脚长长的，怎么慢还在宁静前头。

宁静说："你真高，像我家的衣帽架。"

他中指顶顶鼻梁上的眼镜框，有点茫然地望着她笑了笑，疏疏的齿缝尽吸着唾沫。对于这女孩，他有一份莫名的爱慕，然而总觉得很远，终是无法近得。

两人在独一处吃酱肘子肉。宁静吃东西的节奏极好，不太快也不太慢。东北男孩多半是快的，不过此刻郭恒很收敛。

他道："赵小姐平日在家里做些什么呢？"

宁静眼珠斜一斜，道："跟你一样，做买卖！"

"我？"郭恒显然很惊愕。她父亲明明是大地主呀。

"嗯，做买卖。"她点点头，肯定的，再加以解释，"我是专相亲的，每相一个，阿姨付我两分钱，已经攒了好几十分了。"

郭恒决定不了该如何反应，干干地道："你真会说笑。"最后是埋首吃东西，战战兢兢地夹粉皮，因怕醋汁酱油四下乱溅，头俯得低低的，整个分头搁在宁静面前，刷白的一条分界线，白得青，像反差极强的照片上的黑白影像，给人一种戏谑的生硬的感觉。

出来时春风习习，吹得独一处门前的幌子舞姿热烈。幌子是纸做的一个圆环，下面许许多多半寸宽的纸穗子，在风里牵扯个没完，牵扯中拂过一个绯衣女子。本来宁静也不会注意到，是因为她穿的衣服：浅红的时兴洋衫，圆领、束腰，同色薄绸西装外套，又一顶宽边插花小圆帽。上下唇各涂一小截儿二红，是洋派的一点稚嫩的喜悦。再看她身旁的男孩，却是那天躲警报……宁静不禁一怔。那男孩亦察觉她了。大概飞舞的纸穗子把她的脸挡着点，男孩变个角度看，是她了，是她了，那神情说，但也没怎的。宁静朝反方面走，再回头男孩已经远了，西装衣角和纸穗一样，翩翩甚欢。

交了八月，香瓜都纷纷上市，有羊角蜜、虎皮脆、芝麻酥、顶心白、三白、红籽白瓢、喇嘛黄、谢花甜，由走大车的从抚顺乡下或市郊运来。

宁静有吃瓜癖，逢香瓜节候总撑得饭都不吃。这天她约了张尔珍去看周蔷，也是买两个羊角蜜，她最爱的。两人又跑到中街稻香村，合买一个果子匣，宁静另买一大包葱花缸炉，这才到周蔷家。看得张尔珍牙痒痒的。

宁静与周蔷是小学起一淘玩大的，要好得亲姊妹般。周蔷怀孕后，宁静几次三番去看她，几次三番捎东西，第一次还打家里偷一袋白米。这时已是一九四四年，日本人强增"出荷"数量，一般下等人家不用说白米，连高粱米亦不易求，便普遍吃起日本人发明的橡子面，由橡实磨成粉做的，委实难以下咽。宁静这等大户人家，在乡下置有大亩田，不怎么受影响。但米粮必经两道关卡辛苦运来，颇不易为，这样平白偷去一袋，让家人知道了，不免麻烦。因此只偷过一次。

周蔷家是大杂院，小衖堂拐出去，便是一片红砖平房杂杂沓沓。两人来熟了，径自进去，窗口里看见周蔷与她婆婆在擘包米。周蔷很纤瘦，留一头黑黑直直的短发，仰脖子擘包米时柔柔披泻下来。她朝宁静笑笑，阳光里真是灿烂。

周蔷家的格局，院子和房子没有直通的门，院子出来得从正门进，所以周蔷进来时，倒像才到，宁静觉得新鲜，拉着她唧唧咕咕直讲话。

周蕾看见她们带来的大包小包，道："呀！够呛，又是大包小包的，也不怕折腾的上，下回再不空手来，要不许你来串门子了。"

"周蕾你休想！"张尔珍插嘴说，"小静是喜欢的为他倾家荡产，不喜欢的要他倾家荡产。"

三人皆笑起来。

周蕾穿松松挺挺的宝蓝阴丹士林布旗袍，微隆的肚子看不出来，宁静硬要看，抢着把旗袍扽在她腹上，果然露出圆圆的肚子，两人指指点点又笑作一堆。

周蕾道："我给你们掰香瓜吃。"

宁静道："咱们不吃，给你和小宋的。"小宋是周蕾的朝鲜丈夫，邮局里做事，上班去了。

周蕾笑道："他呀，他才不吃呢！"便拿一个大的，拇食二指弹一弹，说："什么破玩儿，登硬登硬，谁挑的？你挑的？还是尔珍？要我买都是挑小的，买不好省得个个都是大傻瓜。"

宁静两手按着桌沿，单单左腿用劲儿，右脚尖点在左腿后摇呀摇，鬼鬼地朝她发笑。

周蕾瞪瞪她道："又有啥点子了？贼坏！"

宁静摆摆脑袋学道："他呀！他才不吃呢！"

周蕾皱起鼻子道："你缺德你！"又笑又气地追打她。宁静轻巧地避着，一手抄起那比较小的香瓜，塞给周蕾道："哪！这准是面瓜，错不了，一定挺面挺面的。"

周蕾用手把香瓜抹挲抹挲,用指甲划一圈破开瓜皮,两手一捏,把瓜掰开,然后甩得甩得,甩掉那瓤儿,给宁静一块,转头却不见尔珍,原来她自个儿跑到院子里帮着擗包米去。

　　三人中午去吃龙须面,宁静爱辣,浇得一碗红彤彤的。她跟周蕾在一起,周蕾是老大,她是老么,没有别人。周蕾没她任性,反而多和尔珍聊。宁静也开心,在一旁看着。周蕾有深深长长的眼睛,吃面时眼睫毛覆下来,仿佛两眼上各有一勾月牙儿,宁静尽想看看她碗里有没有月影。还没看,她倒抬起眼来——成了下弦月。

　　赵家发源自抚顺县的三家子——一条从三户人家繁衍开来的村庄,在当地是响当当的豪门富户大地主,拥有无数田产山林,而且世代书香,前清还出过举人进士什么的,传到这一代虽有些没落的迹象,仍然财雄势大,名气不衰——不过不一定都是美名罢了。

　　赵家行大轮排,当家的几个并非亲兄弟,而是以堂兄弟论长幼。堂兄弟中年纪最长的便是老大,次则老二,如此类推,一直排到第八,都已自立门户。此中最不长进的要算老大,吃喝嫖赌抽大烟,样样来得,无一不精。有本领创业的,该推老三,培植了大量的落叶松人造林,与日本人做买卖。虽则是发国难财,为人所不齿,但他有相当的营商头脑,却是无异议的。三家子附近一带山头，只要看见一片墨青参天黑松，便是赵老三的无疑了。至于老五赵云涛，倒是个守业的人材，又秉性忠厚，善待佃农，亲和乡里，有求帮的都热心济助；因此提到赵五爷，没有不翘起大拇指道声好的。可是吃香的喝辣的生活过惯了，不免养成惰性，荒废事业。

话说东北，位处边疆，地属塞外，自古屡受夷狄之患；及至现代，由于物产丰盛，又遭别国觊觎，可谓饱经祸劫。军阀时期，出了一个张作霖，一度叱咤风云，所谓"官话"，就指的是东北话。东北兵到了南方，完全出入自如，"妈拉巴子是车票，后脑勺子是护照"，乃当时俗谚。因为这个缘故，虽然如今臣服于人，一般人还是有点好逞当年勇的英雄气概，比如现成的赵云涛，为了防红胡子，三家子家里养了二三十个炮手，全是扛真枪佩利刃的，先别管有效没效，就是那排场，也没有几个及得上。

炮手头儿老范今天特别忙，因为赵老五一家这两天就要回乡，不巧管家的身上不好，他便越俎代庖帮着张罗，四下巡察，该嘱咐的嘱咐，该交代的交代。

三家子那边正忙得如火如荼，宁静这边倒没什么变动，各人简单地收拾几件衣裳，便往南站坐火车直赴抚顺营盘。他们回乡过秋冬，已成惯例。中秋节前去，元宵节后返，茵蓉仍然留在奉天养病，由永庆嫂照顾。

到达营盘，早有家中老伙儿生福驾着四挂大马车前来迎接，老范也来帮着提行李。赵云涛玉芝坐上车，宁静小善坐另外一辆雇来的，二黑子傍着生福坐，便马蹄得得得回三家子去了。

秋风既起，河南篷两头翘起的通风孔一径有风豁呼豁呼，是很婉转的质问法。宁静在里面颠颠顿顿，让它弄得有点心神不定。东北的秋风总是漠漠尘意，从大漠上吹来，带来大漠的砂石飞扬、黄土甘甘，使人觉得那风是大漠，那大漠是风，同是蛮荒塞外的身世，和蹄声得得的戎马衣装。宁静很开心，觉得是行走江湖，要从关外赶春到江南。

三家子的宅院比奉天的还要大，较旧，围墙较矮，也是倚绿扶红，曲廊回合。赵云涛好养鸽子，满院都是飞高窜低的鸽子。众人走经天井，到处是扑剌扑剌的振翅声。

秋冬之交，收割告成，正是农事闲适，许多关内或本乡的打貂人及打猎人，莫不到郊外设阱捕猎。八月节原不是打猎季，但也有日本官僚、军人结队秋狩，图个玩兴的，运气好的话也能捕些山鸡野猪什么的。每有到三家子邻近一带的，夜间便多由赵家款待应酬。赵云涛因为地位关系，奉天市政府中亦有相熟之人，间或走动一下，有事也好里外方便。

中秋节那天午后，就有这么一帮日本官僚到赵家投宿，其中只有冈田和上野是赵云涛认识的，其余皆未谋面。那上野几次要替赵云涛找事，赵云涛都婉拒了。

大家一一介绍过，叙过寒温，便坐下捧茶谈天。遇上这等场面，宁静小善通常只到一到，作个礼数，晚上的宴席也不参加。

宁静出来，于一片鬓影发光中看见一双闪黝黝的眼睛，只有那么一双，当下一愕，似惊似喜，略显拘束起来，一味把辫梢盘盘弄弄。

那些日本人都穿一式浅黄马裤，小腿上裹得紧紧的，上到臀部平空起个大泡，十分夸张。衣帽架上挂着大大小小的浅黄帽子，显然是戴帽子来的。有的人向宁静行九十度鞠躬见面礼，她只点头答礼。倒是那玉芝于这上头挺爽快，也来个九十度鞠躬回礼，腰肢控得低低，真是随时要跪下。

那男孩右手边的中年人，她父亲介绍作吉田冰美，关东军的通译官；还有大儿子吉田万太郎；再就次子，那男孩，叫吉田千重的，南满医科大学的学生。千重朝她鞠躬，笑笑，喜悦不外露，可是整个人是在喜悦里。她一颗心卜通卜通地跳，也朝他笑，她很高兴他不叫次郎，他叫千重。她知道那南满医科大学的，就是大和旅馆斜对面的红褐砖的建筑物。

宁静回到房里，一直心悬梁橡，老要出去，到门口又回来，倚在窗旁想，槐树挲挲，想想笑笑。她终于还是打起帘子出去，望见江妈打后进院子出来，手里不知握把什么，提个藤筐，搬枝木杆，到得院子，把手里的东西撒下，却是一堆包米渣子，然后用木杆拄起藤筐，杆上有线，直拉到偏厅阶前。宁静知道是捕鸽子，便下来道："江妈，让我来。"接过线头，就坐到阶上等，江妈在一旁候着。

那边正厅上了点心果品，千重想宁静怎不来吃，起来踱到檐下，看见院中央斜撑起的藤筐，和树隙叶间宁静垂垂的小脸，垂垂的发，整个的是一垂流水。他觉得宁静没有忸怩腼腆，但是总有羞态，不知打哪儿来的。再细看时才发现宁静原来执着根东西，太远看不出线来，只见一只鸽子跃到筐下吃包米，宁静一揪，把鸽子覆在筐下了。她是真喜悦地笑起来，侧身仰头对江妈笑说句什么，头一偏，把辫子甩到后面，任江妈把鸽子抓到厨房，又支起藤筐等下一只。脸上的表情是那么单薄，仿佛是仿纸折的，随时风一吹都会幻灭掉。

晚间赵云涛玉芝设筵宴客，小善草草吃点馒头包子就出去跟村里的孩子玩了，剩下宁静一个。这时院子四周已点着了走马灯，树桠杈间都插挂着纸灯笼，各形各色，浸得遍地幽幽摇摇的烛影火舌。院子中央搁了一张黑木桌，陈列果饼供月，想待会儿客人饭后要来饮酒赏月的。她记得母亲逢中秋总要她跪下来向月光磕个头。

供月果饼，月饼有提浆、翻毛，水果有鸭梨、小白梨、秋子梨，和一捆水晶、一捆琥珀葡萄。其他有桂花糖、桂花糕、橙黄佛手，都堆得小丘般。宁静不吃饭，也为着留肚子吃这些，便挑了一块枣泥馅的自来白。听听外面笑语喧哗，好不热闹，忍不住从一棵石榴树上摘下灯笼，提着往外走，走走不觉踩在一个人影上。

"一个人？"千重问。

宁静怔一怔，笑着不答，低头看见手里的月饼，扬一扬道："吃月饼？"

"不，刚吃完你捉的鸽子。"

宁静偏着头又笑笑，似乎十分诧异，仿佛听不懂他日本腔浓浓拖慢了的东北话。

两人缓缓步出大门，循路走着，夹道的茅屋草房莫不高挂灯笼。月亮升起来了，光晕凝脂，钟情得只照三家子一村；宁静手里也有月亮，一路细细碎碎筛着浅黄月光，衬得两个人影分外清晰；灯笼有点动动荡荡的，人影便有些真切不起来，倒像他们在坐船渡江，行舟不稳，倒影泛在水上聚聚散散。

她觉得手里的月饼甚不好处置，要吃不好意思，不吃老拿着也不像话，便尽量像平常似的吃起来，吃吃也就安心了。一些酥皮层上的小屑沾在嘴角上，又让她的呼吸吹落到襟上，好像下了片白茫茫的雪。

两人彼此聊了些家常事。千重是十三岁那年全家迁来的，在这儿住了差不多十年，就住在南站，东北人都喊它日本站。谈到宁静的学业，她跟父亲一样会感到为难。她中学毕业，倒还罢了。至于小善，因为赵云涛不愿意他受日本教育，没让他念，反正这么些田产，够他一辈子吃的了，如此这般，日本人面前自然得编另一篇说辞。

踱到一处瓜棚下，两人很有默契地站住了。远远的梨树下有人说书，正说得激烈，一盏红灯笼晦晦晃晃，映着周围一堵小孩子的脸，也有大人来凑趣儿的；隐隐约约可听到宋江两个字，约莫说的是《水浒传》。

千重道："才刚儿你爸爸只说你是他的女儿，并没有说你的名字呢！"

宁静犹疑一下道："我是梁山泊的军师——吴（无）用。"说完自己倒先笑了。

千重有点发愣，明明在笑，笑得却没内容。宁静这才想起他虽会说东北话，这些俏皮话不一定能懂，当下好生后悔，不知怎么收场，干脆不用技巧："我的名字是爷爷改的，叫赵宁静，安宁的宁，唔……很静的静，就是不吵的那个静——"她觉得自己讲得秃噜反帐的，微感不足。抬头架上的瓜都快熟了，青青大大的，吊在那儿给人沉重之感，不像葡萄的有一种风致。宁静伸手把梗上枯干了的花瓣拔掉，不一刻把她头顶上的几个都拔完了。

她今天穿白底黄格子衬衫，外套对开小翻领黑毛衣，衣上还有刚才落下星星霜霜的小饼屑。他很想给她拨去，有点心痒痒的起来，一阵风过，也仍然没有吹净。不料这阵风却久久不歇，秋意袭人，灯笼"噗"一声熄了，他以为是风吹熄的，看看原来是蜡烛烧尽了，想出来已不少时间，便和宁静一道往回走。

当晚，客人在后进一带空房住下。

第二天早上，宁静吃过早饭，兜一襟包米到院子里喂鸽子，许多鸽子团团围住她的脚踝啄食，不知怎么突然扑剌剌都惊飞走了，宁静抬起头来，千重站在那儿，有礼地鞠躬道："早！"

宁静撑眉问："你们不是去打猎吗？"

"我没去。"

"咋的了？"

千重耸耸肩，只是觑着她，也不笑。宁静忽然怕起来，低下头又喂鸽子，问道："你出来这么些天，不怕耽搁功课吗？"

"没问题，撵得上。"他接着说，"你们不把鸽子的翅膀剪掉，当心它们跑了。"

"没事儿，"宁静撒下最后几粒包米说，"其实俺们并不怎么特别养，随它们要飞来就飞来，要飞走就飞走，反正这嘎儿多的是稻麦，饿不死它们。"

两人话尽，一时沉默下来，秋风刮得满院沙沙作响，仿佛急雨乍来。

千重欲语还休，宁静便道："这么着，咱俩出去蹓跶蹓跶吧！"

秋天的郊野漾满了清清烈烈的味儿，是没有掺水的酒。稻禾有已经收割了的，有还没有收割的，放眼望去全都灿黄如金。

宁静发现千重走路总是有那么点儿向后仰的意思，八字脚，脚踵使劲儿，觉得很好玩，别过脸偷偷笑。

来到一片萝卜田，宁静叫停，问道："你吃过咱们的萝卜没？"

千重说没有，宁静便踏到田里，蹲下来挖萝卜，头低低着，几绺乱发拂到脸上，让她挽到耳后了。

她忽喜道："呀，这个好！"然后使劲拔那叶子，千重赶上去帮忙，合力把一个大圆的粉红萝卜拔出来，宁静捧着它到附近一块石头边，叭一下击在石上，一个萝卜霎时碎作许多块。

她捡起两块没弄脏的，递给千重一块。雪白的肉直是甜，两人都笑起来。

吃完满手泥没处揩，宁静跑到一间村屋的水缸前，揭起盖子拿起瓢就舀水洗，千重也上来洗，不时诧异地望望她。

她道："没事儿，都是我爸的佃户。"

水极凉，滴滴嗒嗒溅到他们脚背上，人也要秋意起来。

以下的路程依然沉默的时候多，可是大概心情都好，不时相视笑笑。宁静直在动脑筋想些新鲜玩意儿，来到黄豆田，她笑道："喂，吃不吃烤黄豆？可好吃了。哪，你去捡几根枯枝来生火。"

千重捡完枯枝，宁静已经用毛衣兜了一兜熟透的毛豆。先把枯枝折一截截儿，添些槁草，搁上黄豆，问千重要火柴，千重刚巧带了来，随即在沙地上生火。火苗烤着毛豆哔哔剥剥响，是超小型的爆炸。宁静和千重蹲在路边看，她手里一根枝杆儿撩撩拨拨，他望着她拨，她白皙的手腕，小小的手。

枯枝槁草略多了，火苗烧个不停，宁静站起来道："行了，要糊了。"可是自己穿布鞋，不敢踩，千重会意，几下子就把火给踏熄了。

这时黄豆都已从毛豆壳儿里脱出来，烤得焦焦黄黄的，他们各挑一把，坐在路边一粒粒吃起来。

一阵马蹄声扬起尘土濛濛，是走大车运粮的，大概运完了，车是空的，走得较快，在前面不远停下，两人正感奇怪，驾车的壮硕男人却回头喊道："小姐！"

宁静一看，原来是尔珍的父亲张贵元，马上上前道："贵元伯，运粮啊！"

张贵元点点头道："出荷的！"

他往千重那边张张，压低嗓子问："哪个'戚儿'？"

"打猎的。"

他又凑低些问："日本人？"

宁静点点头。

他鄙蔑地撇撇嘴说："当心才好！"然后挥鞭挞马，临走抛下一句："有空儿做水豆腐你吃！"便驱车赶马地扬长而去了。

宁静回来，有点不自在，无意义地说："我爸的佃户……女儿是我朋友，在城里念书。对了，就是那天躲警报跟我一道儿，胖乎乎的那个。"

走到山上，千重的情绪有点低落下来，是因为宁静低落的关系。这山上种的是梨树，皆已结果。两人坐在一棵树下，久久不言语。这地方是斜坡，前面树上的沙梨弯弯地垂在她面前，青青肿肿的。

宁静把它撷下，用衣衫抹抹，"嚓"地咬一口。

她望着林外远远的地方，悠悠地说："我爸爸告诉我，这地方本来叫北大荒，没有人烟。因为那时山东常常发生旱灾，连年饥荒，许多人便扶老携幼，大箩筐小布包的来了。看见这里沃野千里，无边无际，便决定留在这儿。因为土地并没有主人，谁第一个插上锄头，那片地就是谁的。所以我祖上这儿种种，那儿种种，留下这大片大片的田和大座大座的山给俺们后代。"她想那真是伟大的年代，山东人迁移到北大荒，开垦土地，生儿育女；一犁春耕，百谷秋成。渐渐地立地生根，成了东北人，这里就是他们老家。那当然是很久很久以前的事了！

他喜欢她说话时的表情，单薄而没有名堂，握着梨忘了吃，梨肉上都泛锈了。

千重拾起一根树枝，在一小片秃地上写起字来。宁静也拾一根写着玩。她写"千重"，他就告诉她平假名是这样的："ちえ"；她写"宁静"，他也写道："ネイセイ"。他又教她"早安"的平假名是"おはよう"，"山"是"やま"，"我"是"わたし"，"他"是"かれ"……宁静挂着树枝听他讲。他写得非常专心。她觉得他不大讲话，可是做什么都专注一致，无论什么事，只要他一做，他就全心力都在那上面，整个人整个魂都在里头，甚至吃黄豆，吃萝卜，或者恋爱。

宁静呆呆地望着那满地海米似的字。她学过日文，日本人来了有多久，她就学了有多久，可是从来没有用心学，因为她不肯。最熟的自然是"国民训"，还有裕仁天皇的诏书，每天上学在广场升旗时就要背，师生俱穿着划一的"协和服"，向着红蓝白黑满地黄的国旗背，向着康德皇帝的相片背，朝着天照大神行礼，朝着东方行礼……宁静突然不耐烦起来，"喀啦"一声，树枝竟让她压断了。他约莫觉察了些，一声不吭，撂下树枝，牵她下山去。一路上更是无话可说。

第四天，客人皆告辞回奉天，临行鞠躬行礼的甚表谢意。千重抓空儿问宁静道："什么时候再见你？"

宁静咬咬下唇，想说："我再也不要见你了。"又舍不得。万一他信以为真呢？万一他真不找她了呢？

千重脸上打个问号，深深瞅着她，她还是说："我再也不要见你了。"

"……立冬交十月，小雪地封严，大雪江河凉，冬至不行船。小寒在三九，大寒就过年。"

东北冷得早，八月节过没几天，泰半已加上毛衣华丝葛夹袍；北风一起，大大小小俱换上棉袄棉裤乌拉鞋，男的戴毡帽，女的围围巾，炭火盆儿烘得一室暖烘烘的，纷飘的炭灰沾得头脸皆是，一抹一撇黑。

赵家的院子积雪盈尺，莹白的雪铺在树桠杈上、屋檐上、梯阶上，好像不知有多少思凡的云，下来惹红尘的。

宁静懒懒地歪在炕上看《红楼梦》，是第七十八回晴雯刚死，贾政却把宝玉召去为林四娘做挽词……"独宝玉一人悽楚，回至园中，猛见池上芙蓉，想起小丫鬟说晴雯做了芙蓉之神，不觉又喜欢起来，乃看着芙蓉嗟叹了一会……"宝玉拟至灵前一祭，"……因用晴雯素日所喜之冰鲛縠一幅，楷字写成，名曰芙蓉女儿诔……"读至此处，宁静心中悽惨，掩卷一掷，牛皮靴咯度一声落地。她想就只为此，晴雯也非是芙蓉之神不可了，先有意后有名，名后又有无限意，这番却怎样都命不了名了。

宁静唏嘘一叹，来至厅前，只见院中梅花开放，一朵枝头肥，盏盏吐馨香，也不管外面天寒地冻，踏雪来至梅前，殷殷观赏起来，不觉痴了，又愈发思念千重。没见面有四个月了，倒像天天都见到他，总有那么些东西叫她想完又想，想之不尽，落得惆怅而已。

痴想间，正在扫雪的二黑子迎进尔珍，宁静才醒过来。尔珍放寒假回乡下，三天两头就往宁静家跑，两人窝在炕上嘎嗒牙儿。

房里的炭火盆儿旺盛地烧，一枚枚炭红得透明，像永远不会灭。宁静拿着火钳子拌拌拨拨，尔珍看她今天分外沉默，不便先开话匣子，只愣愣地一旁瞅着。宁静腮颊亦红通通的，眼眶像汪得出水，只一手托腮无情无绪地搅，身子控得低低，以至两只椅脚老不沾地。她着黑底缕金牡丹袄儿，黑直裙，黄牛皮靴，靴带从脚尖起交叉穿行至膝下，靴跟为轴，脚板一径画着半圈。尔珍不禁入神。

宁静是最使她着迷的女孩儿，然而总是待她淡淡的。

宁静撂下大火钳，轻声说："饿了。"衣柜里取出一袭黑绒狐狸皮小翻领斗篷披上，拨帘而出，顷刻即返，托着两个土豆儿，埋在炭灰里煨着。她静静地做着这些，把尔珍憋得闷闷的，再也忍不住，于是问道："小静你啥事儿闷不溜丢儿的？"

宁静头微摆着，两根辫子在裙子上左拂右拂的，想起张贵元不久前请她吃水豆腐，倒要回请他女儿才好，便道："你明天来好了，我做小豆包你吃，今儿心里不痛快，老想躺着。"

下午宁静还是歪在炕上读《红楼梦》，盖上黑斗篷，一只脚提蹬着吊在炕侧，浪荡荡地曳着，读至黛玉指点宝玉祭文该修改处，为咒紫鹃事纠缠一阵，"宝玉道：'我又有了，这一改恰当了，莫若说，茜纱窗下，我本无缘，黄土垄中，卿何薄命。'黛玉听了，陡然变颜，虽有无限狐疑……"忽听得窗上噗的一响，骇了一跳，等等并无声息，正要读下去，陡地又是噗一响，只得起来，一看窗纸上印着两团雪影。

窗纸是窗棂外糊的，因天寒落雪，若糊在里面，雪水容易渗进棂缝，把窗纸霉坏。因此那两团雪影正慢慢往下滑。

宁静以为是小善淘气，支窗外望，不知什么时候下起雪来，墙头上露出一个人头，戴毡帽的，她吓得缩了手，窗户砰地闭上，仍不安心，好奇地又揭起看，这一看看出是千重，真是惊喜万分，更觉诧异，一颗心乒乒乒乒撞起来，忙披了斗篷出去。

千重看着她及地斗篷鼓胀如帆地浮雪而来，真觉恍如隔世，白皑皑的雪是他们相逢的边际。他一时百感交集，跑着迎上去，百感只化得一个喜字。两人相笑不语，他凝进她眼里。

半晌，宁静道："怎会来的呢？胆子真大，也不怕炮手看见打你。"

千重独笑。

两人又叙片刻，才发觉都站在雪地里，好在这儿地段偏僻，没什么人，欲邀千重进屋，又觉不便。宁静说："这么着，你搁这儿走，到村后河套等我，要躲着。"

她回家到门房找老伙儿生福，说要坐爬犁，生福不以为异，依令把马儿系上坐箱，拉到河套，就坐预备驭马。

宁静道："我自己来，你回去吧！"

生福耳背，宁静大声重复一遍，他便蹒跚回去了。

千重打石后出来，宁静笑着招他，不料飕地人影一掠，小善已端正正坐在坐箱上，嘻嘻猴笑道："我也要玩！"

宁静急怒攻心，吼道："小挨刀的，你给我下来，当心我揍你，你下来不？"

小善瞥瞥千重道："姊真不够意思，跟人家玩不跟我玩，看我回去告诉去。"

宁静气得把头一梗，有点紧张，语音都抖抖的："王八犊子，你不下来是不是？"

小善闷着头直摇，宁静拽出马鞭，"唬"地一下往小善身上抽，抽在厚衣上并不痛，她"唬"地又抽一鞭，辣辣地扫过他腮颊，他捂着脸"哇"地放声大哭，宁静要再抽，却让千重挡住了。小善下来哭哭啼啼地回家去。

宁静雪地上怔半天，最后卜隆一声坐到坐箱上。千重强笑，踢踢坐箱道："没有毂辘的呢？"

宁静一张脸冷冷拉拉的，不接碴儿。

坐箱两边贴副大红对子："车行千里路，人马保平安。"千重念着，不知是什么感觉。

河面结冰，像一条长长晶晶的白玉带，两旁树林簌簌后退，树上叠雪，如白珊瑚，有那常青的，则透出湮远的一点绿意。宁静策马驰骋，及出微汗方止，挨在千重怀里，随马匹驰荡而行，坐箱在冰上缓缓滑翔。

千重揽紧她的肩膊，心里绞疼着，忽听得嘤嘤哭泣，低头一瞧，宁静脸上早已爬满泪痕，眼眶红红的，眼睫一扇一扇尽是芭蕉雨露。

他揽得更紧一点儿，道："你不用担心。"

她微微摇摇头。

宁静头微仰着，雪花飘飘，在她眉间额际渐渐溶溶，仿佛许多的冬季，到处留痕。

千重看着她这一身装束，像大漠草原上的部落小郡主，楚宫腰，小蛮靴，心里喜爱，又拥紧一些，他要自己永远不忘记此刻偎依的感觉。

宁静捻着他棕色袄上的算盘疙瘩，捻得起劲，一面说道："你怎么来的？"

"坐火车到营盘，订旅馆，然后骑驴驮子来。"

"驴驮子？"

"唔，跟一个庄稼人打商量，付他钱载我一程。"

宁静想他费这许多周折，为来看自己一眼，可知这份心了，不觉甜丝丝笑起来。接着问："怎么跟家里说的呢？"

"跟朋友合计编谎，说到他家里住。"

千重的右手食指抚巡着宁静的鼻梁，抚着抚着，说："我最喜欢东北人的鼻梁骨，突出那么一点儿。"

"那才难看呢！"她说。

"不，它有它的作用，好比两人吵架，一方孤掌难鸣，一方却有很多人帮着呐喊助威，这鼻梁骨，就有那群人的作用。"

她噗嗤笑道："哪儿来的这许多理论……"

千重不等她说完，俯低轻吻她额角，一片雪花在他唇间溶解，像一整个雪季，化于唇温。

两人玩至天晚方回。雪已停了，宁静把爬犁泊在家后门附近，向千重道："你驾这爬犁到营盘好了。"

千重摇头道："不，我驾它到营盘没法儿安顿，你在家也没法儿交代。我走路去好了。"

"不行，这儿到营盘得两三个小时路，现在漆老黑的，怎么可以？"

千重下来拍去身上的雪糜说："不可以也得可以。"

"你要是真要走，我宁可你住到我家里，事情闹大了也由它。"

千重拉着她的手，凝注她的脸道："小静，你别跟我犟，你让我永远记得自己是从这儿走回去的，好不好？"

宁静听出他的话有别意，好不辛酸，遂道："那，我去替你拿盏灯笼。"

她不愿惊动屋里人，由千重帮着攀上墙头，再拣一处有树的下去。千重在墙外听见"啪"的着地声，和窸窸窣窣逐渐远去的脚步声，心里很怕她再也不回来。

宁静找着一盏留作过年用的油纸灯笼,点燃烛火,飞快赶回去,半路却碰见厨子祥中。

祥中道："咦！小姐，回来了，老爷二太太问起你呢。"

宁静心虚，忙问："有什么事吗？"

"不知道，大概晚饭吃过了你还未回来，有点着急呗！"

他看宁静提着灯笼，紧接着问："怎么，小姐，又要出去呀？"

宁静含糊道："路上落了东西，去找去。"

"用得着我吗？"

"不，不用了。"

她打后门出去，见到千重，已冷得牙齿格格的，千重道："没事儿吧？"

她摇摇头，把灯笼递给他，两行泪已流了下来。

千重望她半晌，为她拭去，又为她拍拍发上肩上的雪花，不知道该怎么好，唯有说："你回奉天我找你。"

宁静点点头，千重始离去，才跨出一步，又回头道："小静，那么久，你还没喊过我。"

宁静低下头，又抬起来定定瞅着他，轻轻唤道："千重。"随即微笑起来。

千重亦笑笑，安心走了，每一步深深嵌在雪地里。宁静一直目送他，一直牢牢地盯着他不放。北风虎虎的摇动天地，把她的斗篷卷起高高，远远的红灯笼也晃呀晃的，上面黄茔茔的"吉祥"二字仿佛在朝她笑，愈笑愈远，愈远愈模糊。灯笼偶尔会转个角度，是千重朝这边眺望，然后又飘飘萧萧，飘飘萧萧，像小萤火，在独自飘归。

次日清晨，宁静感到喉干舌燥，四肢无力，知道不妙，稍清醒些，便千头万绪都涌了上来，想起昨天的乍喜乍怒、骤聚骤别，真是恍若梦魂中。她眼睁睁地瞪着屋梁，不禁惴惴难安，小善是见过千重的，想必认得，果真讲了出去，岂不全家都已知悉！而且他那样哭着回来，不讲才叫稀奇呢，这种把柄落在玉芝手里，更是没完没了了。宁静愈发毛躁起来，阖上眼再睡片刻，却头痛欲裂，无论如何睡不着，她又不愿意让人知道自己病了，惟有强撑起身换衣去吃早饭，顺便探探玉芝的口气。

玉芝问她怎么脸红红的，她只说屋里闷，一顿饭吃得辛苦艰难，其他倒没什么异样，也没有人问她昨天的事儿。

吃完早饭，还未踏进房间，宁静突然觉得反胃想吐，慌忙飞奔到茅楼儿，路上已经吐起来，用手硬接着。吐完人就虚飘飘的，晕眩难受，勉强撑回房躺下，不觉睡熟。

差不多晌午光景，珠帘乍响，宁静是醒着的，便翻身坐起，却是尔珍，宁静这才恍然记起请她吃小豆包的事，她压根儿忘得干干净净的了，心里抱歉，嘴上调笑道："哟，给个棒槌当个针，果然来了，我还把这事儿忘了呢……"

她原是开玩笑的意思，正要解释，不料尔珍愀然变色，大声道："你拿大，你净熊人，我以后都不理你了，没的热脸贴你的冷屁股。你就对周蔷一个好，那么稀罕她，你跟她热乎去好了。"她跺跺脚，两只乳峰一颠，活像鸟儿的嗉。

宁静老是昏昏的，哪有闲心抬这杠儿，索性不搭碴儿，倒头朝里便睡。一会子听得门帘一阵噼哩叭啦乱响。

元宵节过后，赵家才回奉天。冬春之交，李茵蓉就去世了。

宁静记得母亲死前几天，一直握着她的手求她嫁；茵蓉怕自己死后，唐玉芝扶正，宁静会受欺。宁静以前也这么想，如今却多了一重牵绊，想想真恨自己回三家子，要不回去，可多陪陪母亲，又可了无挂念。可是花事递嬗花事换，还是什么都要过去的。

千重仍旧常来找她，两人总到较远的地方去，比如东陵、大清宫、柳塘、黄寺和古塔。自从八月节那次，千重再也不敢讲自己国家的事，但宁静最敏感不过，有什么拐弯的字眼就要犯疑心，有时简直存心调歪。千重想想觉得灰心，处处谨慎处处不得意。宁静又易怒，就不约她了。可是没过两天到底忍不住，就又去找她，攀上墙头朝她房间的窗户扔石子，窗户是镶玻璃的，太猛力怕扔破，太不用力怕听不见，非常吃力。宁静这边，觉得两人做贼似的，恨不得断了才好。今天想明天要断了要断了，明天想后天要断了要断了，始终是枉费。两人就这般消消停停，殷殷勤勤，也明知是挨日子而已。

一次，两人在太元街上碰见张尔珍，远远的，然而她看见他们了。宁静回来十分不安，掂掂掇掇，千思万考，好在千重那天并不是穿马裤。直到后来，她才猛然记起躲警报那天，张尔珍也在，偏偏过年前把她给得罪了，她倒未必会传出去，可是宁静总有一种可怖之感。

交了春，遍地积雪开始融了，又该是梨花开的时候。宁静坐在偏厅阶上，对面江妈眯着眼，抱着棉袄在捐上面的蚤子，一捐一个，一捐一个，棉袄约是小善的，因为两筒袖口蜡蜡亮亮擦鼻涕擦的。一阵阵凉风缠缠绵绵，穿梭院子里真是庭院深深。这里可以听到外面衚堂人家的母亲在推摇车，"摇呀——呀摇摇呀——宝宝睡觉呀——"唱不尽的瞌睡的催眠曲；有算命瞎子打门前走过，手边一面小锣，当、当、当打出天机来；卖小吃的仿佛在千里外吆喝着：风糕——凉糕——卷切糕——，风糕——凉糕——卷切糕——所有市声都在高高的围墙外，因此是另一个人世，墙内的逍遥岁月与它不相干，只有后院里永庆嫂在捶衣服，两根棒槌"的的笃笃"捶在河边石上，开了春，许多冬天里的被面被套浆洗好了，就总听到这种捶衣声。

宁静想起母亲教她的"断续寒砧断续风"，想起母亲与李后主一般的悲凉岁月，死后只有一个妹妹来送葬，另一个住在抚顺市的表哥因久未联络，无法通知。她不要像她母亲一样。

好些日子没去看周蔷，她饭后便去一趟。院里有浣浣洗衣声，和日光日影重重叠叠。隔着窗户，她看见周蔷在哄孩子睡午觉，一下一下地推着摇车，东风无力；嘴微张开，不知道是不是哼着歌。短发披颊，脸庞显得很瘦很清癯。

宁静走进去，看见孩子绑带绑得直直的瘫睡那儿，摇车角插支蝇甩子，动不动阴住他的脸。

周蔷有点奇怪地望望她，宁静吃了一惊，道："咋的了？怎么眼睛肿得老大的？"

周蔷侧着头，让头发垂泻肩上，说："你还不知道吗？"

"啥事儿呀？"

周蕾唏唏嗦嗦哭起来，边饮泪边说："小宋让日本人捉去勤劳奉侍了。"

宁静瞠目盯着她，她抹抹泪说："尔珍没告诉你吗？"

宁静摇摇头，周蕾又道："她说可以找你爸想办法，你爸爸认识人多，我本来要亲自去，她说我跟你爸爸不熟，反而害事，叫我在家等消息。我还以为你早知道了呢。"

宁静问："什么时候的事儿？"

"两三天了吧！"

宁静气得浑身发抖，一声不响地反身冲出去，本要先找尔珍算账，踌躇一下还是先办周蕾的事要紧，便气促促地跑回家，篷篷篷地敲大门，一股劲儿直闯到书房。书房门紧闭着，她感觉到里面有人语，走近些以为玉芝在讲话，再听认出是尔珍，虚飘飘一句话入了宁静耳中："您老要是为难，小静也可以……"

宁静很震动，一掌撞开门跨进去，一时大家都僵住。她狠狠地斜眼睨着尔珍，尔珍瑟缩那儿，两条肥腿夹着一双手，挺着大而无当的肚子——衣褶都堆堆拢拢挤到肚子和乳房间了。

宁静当面质问道："你说了什么歪话？"

不等答复，书桌后的赵云涛撑桌而起道："尔珍，你先回去吧，我会尽量设法的，叫周蕾不要着急。"

宁静伫立原地，乱成一气地盘着辫。赵云涛送尔珍出门口，回来书桌后坐下。

宁静说："在您面前数贫嘴了？"

"说的也是实话。"

宁静回想刚才进来时，父亲根本面无难色，那结尾一句是尔珍画蛇添足。她没想到尔珍这样坏。

赵云涛拿目光端详她，痛心地问："小静，怎么会的呢？"

她不望他，负气道："我哪里知道。"

赵云涛叹口气道："年轻人就是冲动。"就不再言语。

宁静正转身离去，赵云涛又说："你不要忘记平顶山的浩劫。"她剔楞楞打个冷颤，走了出去。

这天以后她决定不见千重了。也不全因为赵云涛最后那句话，也不全因为周蓄，自己都不明白什么原因，忽然很绝望，绝望到想死。一面又相当注意周围的变化，却久无眉目。玉芝这一向倒保持缄默，宁静揣度她可能同意自己同千重亦未可知，那种人，料不准的，谁得势向着谁。宁静于此对她又要有意见。

千重显然很急，每天攀墙头扔石子，宁静多半面窗而坐，凝神看那石子落在玻璃上，每落一粒，心里就绞疼一下，人就冲动一次，想出去一次。一回一粒大石子锵一声把玻璃窗打个洞，宁静吓一跳，马上躲起来，想想觉得好笑，他是没可能看见她的。没法儿只得命佣人买玻璃糊，没糊上前她从那洞口窥出去，总可以看见千重趴在墙头，仍然不顾一切地频掷石子。新玻璃换上后，千重就没再来了。

转瞬到了七月光景，生活十分安适，她重新恢复了信心，没有他，她照样过了，思念是另一回事。周蔷的事早已解决，除了到她家，宁静绝少出门，找母亲的旧书读，日子有一种守节的端丽。这天，外面下着滂沱大雨，屋里听来有一种隔世之感。仿佛房间是一只鼓，管教外面锣鼓喧天，节气腾腾，鼓里空空的只对世界无知觉。宁静歪在炕上绣枕套，是一幅喜鹊蹬梅图，和她炕头柜上的镜面图一个款式。她素来不好针黹刺绣之工，因这枕套是母亲生前绣下给她作嫁妆未完成的，自己闲着也是闲着，便续绣下去。粉红缎面上已有一只喜鹊，第二只仅有一只鸟头，一只翅膀是她接绣的，功夫差远了，绣得就不耐烦，觉得自己毛脚鸡似的，正感丧气，忽然听得窗上"噗嗒"一响，声音绝熟悉，入耳回荡，她当下狂喜，急急支窗外望，大雨中千重伏在墙头，一只手朝她招呀招，然后指指小河沿的方向。宁静点点头，不及多想，即刻要出去，二黑子却打帘进来说："小姐，老爷有事儿找你。"

宁静心想这样巧，说不得只好去一趟。书房里赵云涛负手而立，玉芝在一旁抽水烟袋。

宁静想快快了结，劈头道："找我啥事儿？"

赵云涛道："你阿姨替你保个媒，说给一个姓高的，家里也是地主，明儿就来相看，你的意思怎样？"

宁静脑里轰的一响，立时空白，浑身机伶伶起遍鸡皮疙瘩。她只是觉得可怕。这是一个阴谋，在暗中进行，而她被蒙在鼓里。

父亲竟也是同谋，全世界都在合谋陷害她。

她软弱地叫一声，转身死命往外跑。她从来没感到像现在这样需要千重过，在这世上她只有他了，他是她最亲的。

千重撑着把锈红油纸伞站在一行烟柳下。她死命冒雨奔去，奔去时是两个梦，一头钻进那无雨的世界，立刻成了梦中梦。

她扑进他怀里只是哭，哭得肩膊一耸一耸的。他急着要看她，几次托她的脸没托起，唯有连着问："小静，什么事？小静……"

宁静一叠连声地说："为什么你是'什么人'？为什么你是'什么'？为什么你是那边的人？"

千重一把推开她道："小静，这是什么时候了，你还跟我说这样的话。你知不知道我们可能以后都不再见？"

"我不知道！我不知道！"宁静大声吼着，退后一步，人退在雨里。

千重往前一步，遮住她，要拉她，她甩开了。两人都湿淋淋的，伞的作用，只是让他们分清哪些是泪，哪些是雨。

千重说："真的，小静，可能我们以后不再见了。"

"你跟我说这些干吗，说你不想见我不就结了吗——"

"当初是谁不肯见谁？那时候你突然不肯见我，我到现在还不知道是什么原因。"

"知道又咋地？不知道又咋地？"

"你别跟我犟。"

“我没跟你犟。”

千重哀哀地瞅着她道：“小静，在家里受了什么委屈吗？”

他不说则已，此语一出，宁静的眼泪又串串簌簌弥了满脸。她抽咽道：“他们要我相亲，事前也不让我知道，人都约好了，才来问我的意思，摆明是欺负我。”

千重迟迟疑疑地说：“小静，看看也不要紧，或者那是个好人。”

宁静豁然抬头道：“他好他的，管我啥事儿，连你，也要这样说。”

“唉！”他拨拨她额前的发道，“女孩子始终是要嫁的。”

“我只嫁你一个。”宁静说完，吓得一头埋进千重怀里不肯起来。

千重拍拍她，摸摸她，眼眶润湿起来。

头上的伞，护住这片洁净天，洁净地。

一九四五年八月十五日抗战胜利。

这消息并没有当天到达奉天，关东军人心惶惶，把消息扣下。直到苏联红军向东三省进发，当地人民才知道日本军大势已去，登时起了动乱，仇情敌恨涨到沸点，见一个日本人就杀一个，老少都杀，尸首统统扔进防空洞。日本人闭门鲜出，所有政府官员紧急召集，火速撤离东北。

宁静真是悲也难言喻，喜也难言喻。那喜是为恢复河山，天下志气磅礴；而那悲，使她更觉得切身、切肤。有很多很多东西，可以整个天下去承受拥有，独有这一份，是属于她一个人的，嚼也好，尝也好，吞也好，是她一个人的。

她暗地里雇一辆马车到南站绕一圈，车夫一路上高声说："姑娘，去接人是吧！唉！这下好了，日本鬼子也有这么一天，可谓罪有应得，他们的橡子面呀……妈拉巴子，俺真是腻歪了！"

宁静隐隐约约有点背叛的感觉，好在很快就到了。日本人住的一列房子十分低气压，门户窗口关得严严，窗帘都密密拉上。她也明知见不着他，然而她总希望搁哪条门缝墙孔，他能看见她来过。

当晚，夜极深极深了，是海底的谧谧深深。房里没有着灯，她一个人坐在桌前，忧心忡忡，无法释怀，一阖眼就看见千重被杀被围殴的情景。他死了吗？死了吗？要是死了呢？

黑暗中，一把锈红油纸伞斜签角隅，是那次千重送她到街口，逼着要她撑回家的。她记起他怎么对她说可能永不再见，怎么满目隐衷依依望她。她怎样知道他是诀别来的呢，她还哭他，折磨他，为难他。而他只是温柔宠她。

宁静走到窗旁，几丛夜来香灿灿舞着，没有风，香气浓浓的化不开去。她心中有事，无心观赏，踱到窗前，砰地跌坐炕上。他的国家战胜，她的国家就永不得抬头；她的国家战胜，他就要离去。这根本是无法两全的事，从头至尾都是。她伤心欲绝，伏在枕上辗转落泪，枕套里的荞麦壳儿让她揉得沙沙作响，仿佛是一片茫茫雪地，有人在雪地疾疾走，她听着听着，渐渐昏睡起来，昏睡中有人踏雪寻来，雪地远处有啪哩啪啦的击石声，她大惊坐起，发觉自己出了一身汗。细听果然有石子打在窗上，她兴奋地望出去，千重并不在墙头，他立在墙脚根。宁静一股酸泪往上涌，也管不了许多，就从窗口爬出去，冲过去扑进他怀里，冲得他整个人靠在墙上。

她呜呜地哭着，哭了好半天，要直起身来，千重却把她按得牢牢的，不让她起来。她觉得右肩上暖湿湿的，愈漫愈多，像自己在流血，惊得只是要仰脸看，使劲仰脸看，千重大大的眼睛是星河汹涌的夜空，泪珠儿银闪闪的一直往下流往下流，宁静哭得更凶，觉得断肠。

她止住了些，说："你还敢来？你不怕让他们给打死？"

千重摇摇头，只是瞅她。

她靠在他胸上，悽悽说："什么时候走？"

"连夜走。"

宁静猛地站起来道："那你还不快，赶不上就糟了。"

"这一队赶不上，还有下一队的。"

"不不，我要你尽快走，现在就走。"她急道。

他安慰她说："好，好，还有时间。"

"你知道吗？"他微笑着说，"这次很多东西都没法带走，可是我把你的灯笼带了。将来插在我房间的床头，晚上不着灯，就点灯笼看书。"

宁静本已快泪干，现在又流下来，不知道是不是要说那伞她要怎么怎么，最后还是没说。

千重执起她的发辫，轻轻摩挲着。她记得有次他们去东陵玩，他也是孩子似的轻抚她的辫子，告诉她说："我很喜欢你甩辫那个动作。"

她道："那我以后常做。"

他说："不，要做就不好了。"

现在他也是这样惜惜抚辫，深思着说："现在回想起，我们的情，全部是悲伤。"

宁静大恸道："不，不是的，千重，不是的。"

千重拥着她又落起泪来。

她想这样子她宁可他不要来，让她以为他死了，又不知道是不是真的，在她余下的日子里，他就是一个下落不明的人了。

院子里有点露凉了，宁静知道该是催他走的时候，又还不忍出口，只是死命贴紧他，贴得紧紧的；死命闭着眼，眼泪爬拉爬拉无休止地流。

他应该比她更悲哀，他曾经那么自负于自己的国家，国家如今战败了，国人落荒而逃……那么，该是她自负的时候了……她想想心乱得不得了，低低呻吟道："为什么这样子？为什么这样子？"

她又明知故犯地问："俺们还能见面不？"

千重不答，她也不追问，只是哭，知道实在该催，心里一度一度寒冷下去。

没等她开口，千重倒先说："小静，你——你恨我们国家吗？"

宁静愕然，有点怕，不敢答。

千重叹一口气，动身要走，宁静稳稳地说："如果将来我不恨你的国家，那是因为你。"

千重赶快别过脸去，大概泪又涌出来。他借旁边的一棵槐树攀上墙头，他回眼望她。不知道是月亮还是街灯，两张脸都是月白。她仰着头，辫子垂在后面，神色浮浮的，仿佛她的脸是他的脸的倒影。

然后他在墙头消失了。宁静整个人扑在墙上，听得墙外咚一下的皮鞋落地声，她死命把耳朵揿在墙上，听着听着，脚步声就远得很了。

在夜里单调而无事，好像刚刚才有一个墙外行人，一步花落，一步花开，踢踢走过。

第二部

停车暂借问

一九四六年初夏。

赵家院子的午后除了一些风移花影动的厮闹外，整个地打着盹儿，风的体温薰薰地拂着拂着，连那本不困的也睡意潦倒起来。

西厢房外廊的一张躺椅上，宁静正睡得香。她一只手覆着小腹上的《白香词谱》，一只手松松搭着扶手，头歪过一旁，发辫有些乱乱的。大概睡得也真熟，并没听到门外达达踱过的马蹄声，及勒马时车伙儿的一声长"吁"。门上有人轻轻敲门，见无人应，又敲响一点儿，接着再敲，宁静这才惊醒坐起，躺椅一阵俯俯仰仰地猛摇，她脖子睡梗了，正舒活着，二黑子从里面跑出来，宁静赶忙叫住："二黑子，让我来。"周蔷说下午带儿子小飞来玩的。自己还特地穿了周蔷亲手缝制的白底红碎花缎子旗袍，一晌午寐弄得皱里巴叽的。她挣下来，《白香词谱》噗地落地，她也没管，急步走去开门。

门一开，宁静吃了一惊，竟是长大的一个年轻人，霸里霸道地横在她面前，那人穿一袭茧丝长衫，把玩着一顶纱帽，一见她，冲着她笑道："借问一声，这儿可姓赵？"

宁静拈起辫子，往右方张张，不远处泊着辆两挂马车，车上一个小胖老头儿摘帽子向她招呼。她仰颏看看年轻人，这样长大霸道的。

"没错儿，是姓赵的。"她说。

年轻人马上回头喊道："爸，就是这儿，下来吧！"

小胖老头儿下车把车伙儿打发走，慢步趋近，摘帽子向宁静道："小姑娘，赵云涛赵老五可是你爹？"

宁静点了头，他又接下去："我是你妈的表哥林宏烈，刚打抚顺来沈阳顺道拜访拜访你爹。"

抗战胜利后，奉天已恢复沈阳的旧称。

宁静记得妈妈好像有那么一个表哥，发丧讯时联络不上，如今突然找来，微觉意外，当下一侧身："里边儿请。"

赵云涛正在午睡，待他出来，客人都已正厅里告坐，茶也奉上了。林宏烈立起相迎，赵云涛愣一愣，"哟"一声忙上前拍他肩膊笑道："林老大呀！稀客稀客。这么些年，哪儿发财去了？"

"啐，发什么财？穷不喽嗖的去，穷不喽嗖的回来。"

两人嘻哈一番，赵云涛方省悟都还站着，便让了坐，这才注意到那年轻人，问道："这位是令郎吧？"

"对，我就这一个儿子，林爽然。"

宁静在一旁听了，心想这么拗口的名字，和自己的名字一比併，不由得暗暗得意，该她占上风了。

赵云涛亦介绍了宁静，宁静抽冷子瞥瞥那叫林爽然的，却让他逮着，一个劲儿朝她笑，牙齿白得耀目。宁静又不甘起来，打他一进门，整个屋子里里外外都是盛气凌人。她望望他，男孩子竟有那样白的牙齿，这里看去，白得直响，那么地不收敛。

林宏烈道："你的姑娘出落得这样标致，要不是爽然自小儿订了亲，这门亲事倒真不赖。"

赵云涛呵呵笑起来，问道："令郎多大岁数了？"

"二十九啰！"

"哦！那也该成家立室了。"

宁静一只食指抠着大理石桌面的石纹，心里蠢蠢一动，瞟瞟他，这样大的人了，笑得那么不懂事。

林宏烈开始述说他这十余年来的生涯。原来他在李家铺子虽有祖传的田产，但他生性浪荡，不喜死守，早已有心发展自己的事业。恰巧妻子是上海人，外家在上海有门路，便在东北沦陷前一家逃到上海去。认识赵云涛，是李茵蓉嫁到赵家时的事，其后赵云涛到上海去了十二年，因此两人间中有些往来，却谈不上什么太深的交情。

林宏烈在上海和岳家合作做绸缎生意，一待十几年，未免有点人老心倦，何况抗战胜利了，少不得惦念家乡，加上未来亲家频频来信催请，最后索性放弃生意，回到抚顺。乡下的田地向有同族人料理，并不需他操心，他原来做的是苏杭绸缎，南方的关系还在，而且到底老本行做起来心顺手熟，便打算在抚顺开一个绸缎庄，由儿子经管。

三四十年代的上海，不知富贵了多少商场战士，林宏烈却并非其中一个，他在岳家的绸缎生意中只占了小股，凭他那点本钱，要在抚顺另起炉灶，实在谈何容易。他正在四处打听另邀新股，也是天从人愿，他的一个旧相识，是华侨，叫熊柏年的，适巧因事到抚顺，让林宏烈遇上。熊柏年在沈阳上海都经营有中药行，可谓资本雄厚，林宏烈觉得他还可信任，一动念间，怂恿他参股，对方当初并不热衷，经林宏烈再三撺掇，方应允了，也是一番帮助朋友的意思。

熊柏年有中药行需要照料，不欲为绸缎庄分心，聘请外人又稍嫌冒险，他的一个侄儿自己有工作，大儿子在上海经营一间中药行，剩下一个小儿子帮他。而这小儿子对中药行本无甚兴趣，刚好把他调到绸缎庄去，作个心腹。他小时候和爽然一淘玩过，合作起来大约没问题，这般向林宏烈提出，他虽嫌这小儿子过于年轻，倒并不强烈反对，事情便定下了。

提及李茵蓉的亡故，众人唏嘘半晌，忽听得踢踢鞋声，一个女人尖声叫道："哪个戚儿呀？"

语音未绝，唐玉芝已扭得扭得出来了。宁静微一皱眉，掉头就走。林爽然趁这边第二轮介绍，目光一路尾随着她，只见她上了西厢外廊，弯腰拾起一本书，没翻几页，大门上有人敲门，她去开了，迎进一个清清瘦瘦穿衬衫毛衣西裤的短发女孩儿，和一个约莫两岁的小孩子。两个女孩儿唧唧咕咕欣赏宁静的旗袍一番，边讲边笑，往这里指指划划。宁静的缎子旗袍在阳光下银灿银灿的，一褶褶都是波光水影。

他眼看她们入了西厢客厅，疏疏地传出些逗弄孩子的笑语声逗哄声，忽静忽闹。他听着听着，恍惚中觉得那边是极乐，他这儿则世俗了。忽又听得"呛啷"一声，大概碰跌了什么，小孩子"哇"一声大哭，林爽然仿佛就能看见她们慌忙哄孩子的狼狈相，笑起来。

宁静送了周蔷走，已是暮合时分，晚饭设在正房偏厅，待众人坐定，赵云涛吩咐老妈子江妈白干待客，于是都喝了点酒方起箸。赵云涛与林宏烈只顾着聊，互相敬酒，几乎没怎么吃。玉芝的儿子赵言善净低着头扒拉饭，玉芝给他一杵子，啐道："猪崽子似的！"却把一根筷子打到地上了。她不好意思地歪歪嘴，转即笑口吟吟地反给林爽然添菜，爽然没吃几口，碗里都是各色的菜叠在一起，不由得有点反胃，只见宁静仅啖了两口酒，腮颊就红艳艳的，仿佛她的脸在哪儿停留过，那地方的空气便都染上红色，但她还是喝，呷一口挑点饭粒儿吃，倒使劲吃红烧鸡，都拣些鸡膀子尖，啃得满碟子骨头，好像她吃得最多似的。

赵云涛劝林宏烈在赵家住几天再回抚顺，林宏烈马上答应了。打量着晚上到福康旅社把行李搬来。两人又商议明天如何消遣，江妈在一旁笑道：

"老爷，明儿个天齐庙有庙会，您和林先生去凑凑热闹不是好？"

赵云涛屈指算算，道："是呀！明儿是阴历四月十八……"说着踌躇起来，又道："唉！俺们老天扒地的了，跟年轻人去挤来做甚？不如还到西门帘儿去。这么着，小静，明儿你就陪你表哥逛庙会去罢。"

宁静低着头不搭理，只是一阵脸烫，心中有气，谁是他表妹来着？她妈妈才是他爸爸的表妹，她和他呀，不知隔个多少重，远得很呢！

宁静第二天大清早独个儿溜去天齐庙，路上肚里直笑，想自己又赢了一回。

庙前各种小吃小玩艺相对着摆满一条街，宁静先慢步逛一圈，然后一摊摊挨着看，有绿豆丸子、碗托、凉粉、焖子、凉糕、风糕、筋饼、炸小虾、火烧……一片市场盛景。她因怕把缎子旗袍弄脏，今儿换了蓝布旗袍，虽是暖天，仍不时有点春末余意，便加了件黑毛衣。

渐渐地人多起来，宁静还未决定吃哪样，负手又仔细逛一圈，太阳略略往上移，遍地投影皆缩小了。她这才挑一处馅饼烙得薄的，买一块吃下。逛庙会的人一批批往里涌，有到庙里拜神还愿的，有带孩子来玩耍的。吵嚷间有丢孩子的、丢鞋子的、丢钱包的，百般的得失无凭。

宁静老远望见横巷里一堆红气球半空里浮着，一时兴起，往那方向走，却是除气球外，有卖塑胶癞蛤蟆和熊瞎子的；另外的货摊，则卖头绳、脚带子、刮头篦子、黄杨木梳等用品，待一一端详过，她才发现红红绿绿的风车，有风一撩，都嗞嗞嗞嗞转得勤快。宁静心情一轻，再望望红气球，立刻鱼与熊掌起来。这时她眼梢擦着了那么一点影儿，教她不安，一抬眼，竟是林爽然笑着招她，那样热络，好像多年不见的老朋友，一旦重逢，又四周人挤，不容一点儿隐私。

林爽然着一套灰色中山装，两手坠在裤口袋里，侧侧歪歪地挤过人群，停在她面前不计前嫌似的道："江妈要拜神，我随她来的……怎么？吃了东西没？我可饿了，咱们那边儿逛去。"当下不搭话，和宁静并着走，边护着她边还从从容容的，窄长的身板子不时碰着她撞着她，反而是她碍着他的路。宁静有点心神不定，仿佛两人都多棱多角的，便挪前一些，猛地有人拉她袖子，她一转身，爽然递给她一碗凉粉，她接了，他就呼噜呼噜吃起来。

他很快就吃完，放下碗道："你等我一会儿。"然后朝他们来的方向去。宁静先还撑着脖子找他的背影，终于消失了，只得继续吃，才吃完就见爽然跑着回来，塞给她一只绿风车："才刚儿你瞅得发愣，敢情是要的。"

她赧然笑着道谢，他陪着笑，先抿着唇，随即劈里巴啦笑全了，一颗白牙一斛笑意。

两人又随处逛逛，到了特别挤的地方，她就把风车高高举着，偶然觉得它在转动，仰首眯缝着眼瞧瞧，蔚蓝的天衬着绿风车，是叫她惊喜的。这时两人都出了微汗，爽然径自往卖冰锉的小摊去，捧给她一碗，晶亮的刨冰上浇上红绿香蕉油，入口透凉，吃完总有一块冰冻沉淀在胃底，到哪儿都得搬着它似的。

五月天气，有点春末初夏的尴尬，许多人着了毛衣在淌汗的。宁静耐不得，正要把毛衣脱了的当儿，发现风车没在手里，省起是吃冰锉时感到碍手搁在一旁的。心里一急，回身就循原路去，及拿了回来，却不见了爽然，往往返返寻了两遍，依然影踪全无。蓦地前头一阵骚动，逛庙会的人纷纷让路，宁静隙隙缝缝地钻前去，原来是一个四十冒头妇人，向着天齐庙一步一磕头，左右两人搀扶，多半是许了重愿的，要从家门磕头到庙里。她待要重新找，不料爽然在对面人丛里跳起来唤她，她举起风车直摇，跐起脚尖看他，只见他两手推拨着挤出来，那妇人正要经过他们，爽然打个顽皮眼色，一个冲步竟在妇人跪下磕头那一刹那跃过她，直扑向宁静，围观的人都笑起来，妇人仍旧虔诚地磕下去。宁静白了爽然一眼。这样野！爽然只是阴谋得逞的哈哈笑着。结果两人笑足了一条街。

第二天一天爽然都不在，他原告诉宁静要找那熊柏年谈点事儿，晌午回来，一块逛中街，可是如今整整一天了，她恨恨地想着，整整一天了。其实才认识，不知怎么就牵牵念念的，多么不甘！

人家还不当回事儿。

　　她早上把风车插在院子的窗户枢纽处，晚上风凉，几片纸叶子忽剌剌地转着，随着风动风息，它便时续时停。晚饭后她在房里，一直倚在窗旁看它乱转。它就那样不立命，一辈子风的奴才。一股大风，它更不得了的了。她一恨，把轴心上那口针拔了。没有扶牢，它一滑滑到外面廊上去。

　　他昨儿是来哄她的，风风流流哄她一场，每个眼色每种举动，都是他走到她面前来蛊惑她。她想想心灰，关了窗坐在炕上又呆半天。他买风车，不买气球，让她像风车般在他手里转，不似气球的远走高飞。他居然存心不良。约一顿饭，外面有人敲门，有人开门，有踏过天井的皮鞋声，她可是不让他再哄的，于是决定倒头便睡，不久竟睡着了。

　　林爽然在房里整理行装，准备明天回抚顺。房间在正房客厅右侧，可以看到宁静房间的窗户。他见灯还亮着，必是房里人没睡，不知在干什么。他也没料到会和熊老板及他儿子熊顺生唠嗑儿唠这许久，谁叫对方兴致好，又是自己的大股东，陪他们看完戏还得上馆子吃酱肘子肉。然而不见得宁静为此就会生气。他自己是最讨厌和华侨打交道的，偏偏父亲选中熊柏年。爽然一壁收拾东西，一壁溜瞅着眼儿往那窗户看，燐燐黄黄的一块方格，填着一个女孩儿的等待吧。他憋不住，出来，上了西厢台阶，正欲跨过门槛，却瞥见廊上那只风车，不禁阵脚踟蹰，一时捉摸不着她的心理，只得罢了。

天亮时分，宁静梳洗毕来至正房客厅。赵云涛林宏烈林爽然江妈都在。林爽然专程睐睐她，说着没说完的话："……没要紧的事儿，可是熊老板这两天才得空儿，只好陪他走一趟，您老和我爸爸多找点儿乐子吧！"

赵云涛笑道："好，好，有空儿来我这儿做客。"然后扭头喊江妈提行李，林爽然必不肯，硬给抢了回来，赵云涛又道："小静，你送送你表哥。"林爽然直推说别客气，又是一场推让。

林宏烈道："让他去吧！让他去吧！那么大了，怕丢了不成。"

林爽然脱了身，对宁静笑道："赵小姐，改天见。"

宁静一双水眼下意识地流避着，就是不落实，等落实了，爽然已经走远了。

林宏烈在赵家多住五天才离开沈阳回抚顺，紧接着的一个月，林爽然通共来过几次，都是来接洽事情，顺道到赵家。有时候赵云涛陪着聊一会儿，多半任他和宁静爱怎么就怎么。两人总在附近一带或小河沿蹓跶，要不就站在院子里说话儿。要是她讲了什么沾上了他未婚妻的边儿，他便避而不谈，渐渐地遂都不提了。

七月初，爽然为了办货到杭州一行，回来时给赵家各人都带了点儿手信，宁静的是一把描花宫团扇，上面两朵红黄大牡丹，清扬贵气。

绸缎庄开业后，林爽然来得愈发频密，甚至一个星期两三次，都说的是接洽公事。若碰巧周蔷亦来串门子，三人便一块儿去看电影逛小东门吃小吃。

这天林爽然仍到赵家，径自到西厢。廊上一排摊着许多线装书，略有些风，黄黄的扉页簌簌自翻自揭，漫空一嗅，都是苍苍古意。爽然"咦"一声，宁静房里笑笑地迎出来道："今儿个天气挺好，我闲着无聊，干脆赶着入秋前再把妈妈的书晒一晒。"

宁静桌上铺好了升官图，坐下列好棋子："咱们今天不出去了，我得看着我这些书，要不小善又来作祸，玩升官图可好？"

爽然亦坐下，两人便掷着骰子下起来。其实这并非什么棋子，只是按照各人掷得的数目走，从"白丁"开始，谁先"荣归"便谁赢。小孩子的玩意儿，他们玩起来往往有一种无忧无虑之感。

宁静边下边嘟哝着，掷出个六，遂拈起棋子点六步，展笑道："哟，状元及第了。"

"你先别得意。"爽然说着掷个十一，以为这回高升，不幸一降降到进士。他大叹道："冤呀冤，遭奸臣陷害了，看林某人报仇雪恨。"

她嗤地笑道："骑驴看唱本——走着瞧。"

他们相对而坐，升官图向着宁静，变得爽然全都得倒着看，因此下得比较迟钝。她察觉了。把图调个向，让它横向放着，过后道："喏，两下不占便宜。"

她升到尚书，爽然还在知府员外那几品官位打旋儿。

她道："你没手腕儿，背个包袱回乡耕田好了。"

"早着呢！"

果然她下一掷遽降，跌至探花。

他奸奸笑道："骄兵必败。"

他们愈下愈忙着挖苦对方，爽然一个劲儿地笑，偶尔睨睨她。她总盘弄着辫子，半垂着头，正面看去仿佛一瓣白玉兰花。

外面庭院里夏日长长，阳光白白凝凝地压在时间上头，没有人声物语，只一些小影儿俟机移一移方位，悄悄地不惊动这世界，就算远远传来的市嚣，也是另一个时间里的了。

廊上薄薄的书页翻动声，加上厅里的骰子棋子声，显得分外沉静。他无端想到，骰子管数目，数目管棋子，它们其实并不控制任何一样东西。及瞟瞟眼前人，忽然惆怅起来。

这时唐玉芝买东西刚回，远远看见爽然。先支使二黑子把东西拿进去，摆腰拧肩地进来："哎呀，林先生可真是大忙人，怎的，又是来沈阳谈生意？"

爽然忙起身，自己都觉得好笑，便岔开去："伯母哪儿去来？"

"没什么，算计着过两天要凉了，买点布料回来做衣裳。"

"伯母要布料也不知会一声，我打抚顺带来给您不就得了。"

玉芝悔道："对呀！啧啧，您瞧我有多背晦，压根儿把你给忘了。林先生你也真是的，也不到正房那边吃茶唠嗑儿，来了就小静这儿待，你来了一百遭我也没见着你一遭儿，自然想你不起了。"

宁静知道话里有刺，忍不下去，驳道："阿姨您这话可奇了，林先生来了您不是在午睡就是在别家打牌打到节骨眼儿上，人家就是到正房可也没人招呼呀！"

玉芝眸子里发怒，嘴上却笑道："哼哼，说得是，真拿你没法儿。林先生好坐，失陪了。"

爽然道："不客气。有合适的布料，我留着给您送来。"

"那我先谢了。"说完掉头就走了。

宁静瞪紧她，鼓腮道："她这一张嘴，不是编派人就是扯老婆舌，唯恐天下不乱。"

爽然坐下道："你何必拗着她，待会儿见了面儿嘟噜着脸儿，多没劲儿。"

经这一场，两人都心意倦倦的。太阳泛金了，她去把书收进来，爽然一旁帮着，一一叠好往里搬，正把一部《红楼梦》搁在上头，却见书页间漏出一角白纸，不由得好奇心起，顺手抽出，展了开来，上面写着两行小楷："早知相思无凭据，不如嫁与富贵。发断一身人憔悴，不信郎薄幸，犹问君归未。"

他诧笑道："啥玩儿？"

宁静看见了，浑身一震，嗖地夺过来。

他问道："你写的？"

她红了脸，冲口道："别胡扯。"

他仍然傻着脸不得要领地问："什么嫁与富贵？富贵是人呀？"

宁静嗫嚅着说："我不知道，练小楷随便抄的。"

爽然遂不作声，把其余的书全搬进去，然后坐到台阶上，低着头，垂着眼，一只手支着太阳穴，好像在假寐，那个样子，叫宁静吃了好大一惊，从心里抖出来。他懂得的，他是懂得的，但他故意装蒜套她话儿，而他居然那么恶劣。实际上那里只有半阕词，虽然她为另一个人填的，然而她又何妨说是为他填的，为着一样的相思，为着一样的薄幸，为着他现在这个样子，使她悟到他是懂得的。

她摇摇他的手肘："表哥，晚了，你不用赶回抚顺去吗？"称呼他表哥已经有些日子了，不轻易出口，可是一叫即捡到便宜似的高兴，仿佛不费工夫便近了一程。

爽然走后，二黑子来喊她吃饭，饭桌上她也没心思吃。竖着筷子痴痴地想整个下午的事。赵云涛当当地敲一只碟子道："小静，你不是爱吃烧茄子吗？"

宁静便懒懒地筷子尖夹点蒜头往口里送。

玉芝因道："小静这孩子就是洋性，动不动没胃口的。"随即转向赵云涛道："我今儿可遇着那姓林的了。亏他是订了亲的人，黑家白日跑到姑娘家打花胡哨儿，也不想想人家闺女儿的名声。小静，你别怪我的话不中听，那些做买卖的，哪个不是挺会巴结的？女孩儿家眼皮子浅，耳根子软，架不住两句讨好话儿，就心肝儿都掏给人了。将来传出去，说咱们家的大姑娘跟个有未婚妻的男人热乎上了，你爹的脸往哪儿搁呀！"

宁静冷冷地道："我自己理会得，不劳阿姨操心。"

玉芝吃两口焖土豆儿续道："我是心疼你，明知讨你的嫌，肚子里有话不能不说。依我看呐，你倒是趁早跟你表哥远着点儿，省得日后清不清浑不浑的。"

宁静气红了脸道："阿姨，咱们亲戚里道串个门子，碍着你什么了，要你七三八四掰扯什么清啊浑的。你叫我远着表哥，岂不是叫我远着我娘的亲戚，你安的是什么心？论到订了亲的事儿，也没谁立了规矩说订了亲的人交不得朋友。"

"哟！说来说去，是我安了坏心眼儿了？你不想想你那表哥安的是什么心？啊！交朋友用得着狗颠屁股似的沈阳抚顺来回跑？撇开那个不谈，就算你们俩儿清清白白的，你知道四乡八邻是个什么看法儿？"

"兴许是阿姨有个什么看法儿罢。"

玉芝叭一声撂下了筷子吼道："不识好歹的丫头，我好心好意劝你，你不领情倒罢了，倒跟我撂起脸子来了。云涛，你倒评评这个理儿，我哪一句话说得不贴谱了？哪一句话不是为了你们赵家？"

赵云涛皱眉道："小静，你就少说两句吧。"

宁静早含了两眶子泪水，一撒身回到房里，并不如何哭，一颗一颗大大亮亮的泪珠儿往下掉，掉得干了，赵云涛拨帘进来道：

"小静，别瞧你阿姨贼拉大声的，也有几分歪理儿，你若不信服，当耳旁风就是了，别恼伤了身体才好，嗯？"如此说完便走了。

她额角抵着窗棂伫立好半天，站累了，炕上一歪又睁着眼发呆，右手漠漠抚着额上的窗棂印，不禁又淌下泪来。外面的灯光陆续都熄了，她试着睡，不成功，突然对这黑暗很不习惯，很陌生，好像它是她的噩梦，故意溜出她的脑袋魔她的。她一骨碌坐起，呆一呆，摸黑收拾了一个柳条包，欲要马上赶末班火车下抚顺，又担心夜里找不着牛车载她回三家子，便盘算着明儿起个早，瞒着众人去。

赵家向来入秋下乡，但玉芝过不惯乡居生活，扶了正后，俨然令出如山，赵云涛亦奈何不了她，于是自去年始便没去过。

宁静次日果然独个儿下乡了。到达抚顺，她一双脚落了地，真是难言的放心，仿佛每踩一步都感到爽然的心跳。在某一所房子里，他或在睡觉，或在漱口洗脸，而她和他踏在同一个市内。他们终于是在一起了。然而她仍得到三家子去。赵云涛在抚顺东九条原有房子，不过她一时却不愿与爽然太近。因前一晚没睡好，她坐在牛车上头壳儿一顿一顿地只管打瞌睡，离开抚顺煤烟呛呛的空气越来越远了。

三家子的佣人通常都是半休养状态，而且天高皇帝远，跟自由身没两样，算得是肥缺。李茵蓉死后，服侍她的永庆嫂就请求到三家子来，另外和管家阿瑞阿瑞嫂夫妇照料一切。厨子祥中是去年已调到沈阳去的。

宁静独至，佣人们除了感到奇怪外，并不如何议论，他们向日是明白这小姐的脾性儿的。宁静素昔不惯晏起，都是晓色泛窗便醒的。用过早饭，总到后面河套散散步。接近八月节，天候更凉了，她多穿衬衫长裤，外披毛衣，到附近田里看张尔珍。她和尔珍以前有过心病，但如今当不复提了。尔珍原在沈阳念书，中学毕业后，便回到三家子来，农忙季节亦下田帮忙收割。

这天宁静到田里找尔珍，只觉得一片秋气新爽，触眉触目皆是金风金闹。她捧着一包鱼皮花生津津地吃，喀嚓一咬，很戏剧化的一响，十分夸张，似乎多远都能听到，她一面为这种夸张开朗起来。

田里的人都戴顶草帽弯腰屈膝的，无法辨出哪个是尔珍。还是尔珍先喊她，扭头跟一个老头儿招呼一声，然后快步迈近。尔珍晒黑了，样子较前更结实成熟。宁静请她吃花生，她手脏，宁静便一粒粒抛进她口中。两人寻个所在席地坐了，不着边地瞎白话，有时宁静只顾着自己吃，尔珍脚尖踢踢她，才又给尔珍。

"你和程立海怎样了？"程立海是尔珍同学，和她相好了有一阵子了，目今在长春做工。

尔珍见问，托腮道："没咋的呀！"

"什么时候办喜事儿？""喀嚓"又一粒鱼皮花生。

尔珍咧咧嘴笑道："八字没一撇儿——没影儿的事。"

正说笑着，一辆马车得得达达地跄跄而来，车伙儿长"吁"一声勒住了马，尘脸尘腔地向她们嚷道："喂，大姑娘，借问一声，姚沟该搁哪儿走？"

尔珍跑上前去教他。这情景于宁静异常熟悉，她怔怔地梦里梦外起来。

这是客座马车，挺光鲜，猜是有钱人家养的。车上坐着一个西装笔挺的年轻人，头发捋得乌油油的，但经这长途，有些章法大乱。他望望宁静，还不曾怎么样，便问完路了。

尔珍回来滔滔地说："走错了村子了，这一耽搁怕要过午才到得。哎，车上那个人，——怪利索的，身旁搁着医药箱，说不定是市里的大夫，架着金丝腿儿眼镜的！"

宁静不答腔，尔珍接问："你说的那个表哥，可也那个样子？"

宁静下巴吊吊，扁扁嘴，似乎认为她多余，笑道："体面多了。"

"真的，有机会让我见见。"

"有机会的。"

宁静回家，一日无事，次晨睡醒，她且不起身，躺着看外面的鸽子刮刺刮刺地飞，翅上晨曦漾漾，大约时间尚早。

有人叩门，她黏声问道："谁？"

永庆嫂在门外道："小姐，有人来找你，说是你表哥，厅里等着。"

宁静忙掀被道："来了。"这个野人！一大清早的。

她马马虎虎梳洗换衣，到得正房客厅，不见人，心中纳罕，不觉站到门边儿四下张望，不防爽然打斜里冒出来，签着身子，一手高撑门框，一手叉腰，嘻嘻盯着她笑。她骇了一跳，怔怔地仰望他，他那样的姿势，像是随时要压下来，非压得她喘不过气不可。她发觉他一直在凝视她的眼睛，心里卜通卜通地跳，使她几乎立不稳。正值永庆嫂奉上茶来，两人始如梦方醒。

爽然厅里飕地一坐，二郎腿一跷道："好意思，自己偷偷溜来了，想躲我。"

宁静卷着辫子做鬼脸道："谁躲你来着……"

"和赵伯母赌气了？"

她跌坐下来哼道："穷人乍富，挺腰凸肚——不过也不全是因为那个，人家喜欢住这儿就是了。"

"这样倒好，不怕你阿姨为难我。"

她眄他一眼问："你怎么知道的？"

"我给你阿姨送布料去才知道的，他们说你在这儿。"

"哼，也不派人来打听，不怕我死去。"

"唉，傻丫头，早打听过了，你正在气头上，难道还正门进出讨钉子碰不成。"

宁静"噗嗤"地笑出来，小心眼儿地问："你什么时候给我阿姨送布料去的？"

爽然翻翻眼，抓抓脑袋瓜儿答道："大前天。"

她心绪一沉。隔了两天，隔了两天才来看她，那么他待她到底有限。

他突然趴到桌上手肘支台说:"嗨,听你爸爸说他抚顺市也有房子,怎么不到那儿住去?"

"这儿不好吗?清静!"

"过年过节就成了冷清了。"

"你少担心,我有朋友在这儿。"

他无奈,转过身来脚一蹬,坐到桌子上。背对着她说:"去去去,住到抚顺去。"

宁静只看见他的头发让他甩得微微弹起,非常任性,竟又叫她不安。

他两掌按桌一旋,面对着她,一边用脚踹她的椅子:"去去,这旮旯儿像啥,几棵破树几条破河,稀罕它什么?"说着仍踹她的椅子。

"你别穷折腾好不好?"宁静嗔怪道。

他住了动作,她不等他反应,趋吉避凶地说:"俺们找尔珍去,她说过要见你的。"

爽然每过个把天儿必来看她,不是游说她搬到市里去,就是要接她到他家里过八月节。宁静无论如何不肯,骗他说八月节她答应在尔珍家过,实际上她尔珍那边亦推了。

他每来都行色匆匆,好像这儿是他养的小公馆,生怕东窗事发，所以未敢久留。当然爽然得空儿时总多耽耽，可是宁静不明原委的老觉得万般委屈：他，那个野人，在她生命中这样名分不确，心意难测；然而如今她魂魂魄魄皆附到他身上似的。她尤其不愿见他的家人。不愿见他在人群中的风采怡然。单单他们两人的时候，他是她的，至少她是他的；他一入世，就变得远不可及。

中秋前夕，爽然因宁静坚持不一块儿过节，陪了她一整天。将近黄昏，他们正房台阶上铺张《抚顺日报》，吃着他买来的葡萄。他提着一嘟噜，一口一个嘴里扔，连皮带核地吐出来，她则把皮一瓣一瓣慢慢地剥，剥干净了才吃，吃完又指缝间的葡萄汁细细舔。

她要他讲他在上海的事，他没好心地敷衍两句："啥也没，念书，念完书学做买卖……倒不如你讲你伪满时的事儿。"

她心里一搐，别过头去不搭理，他以为她以牙还牙，只得罢了。

她想到明儿爽然就快快活活地与家人过节，丢下她一个人孤孤伶伶的，偏偏是自己跟自己过不去，怨不了谁，竟是不大懂得自己。

爽然忽然道："其实你不来倒好。"

她反应过敏地问："为什么？"

他不能告诉她由于他沈阳抚顺行踪飘忽地跑，已引起那边闲话喧天，她倘或去了，说不定会受屈。他吃一枚葡萄，连皮带核吐出来，把各事脑里过一过道："有啥好去的，我又不能单独陪你，我宁可自己来看你。"

她抿嘴一笑，鼻子酸酸的。她不是他人群中的人，在他的人世上，她是没有立足之地的。

这时满地秋风黄叶在打滚，台阶挡住了上不来。强风一扯，树上老叶都嫁风娶尘各自随缘去了。两人看得心中悽恻恻的，都说不出话来。

爽然撑膝起身，舒一口大气："我过四五天再来，熊老板到抚顺，我得招待招待。"

宁静心不在焉地说："看你衣服多埋汰，扑搂扑搂的。"

他浑身扑扑又道："听见了没有？过几天再来。"

"你来不来干我啥事儿。"

爽然听了非常不受用，走过天井时，空气有点僵僵的，他们互相猜疑起来。

中秋节晚上，天没黑齐宁静就窝到炕上，用棉被把自己密密盖严，张大眼睛看月出。永庆嫂喊她吃饭，她说有月饼，不吃了。月饼是尔珍上午送来的，搁在台上。她最爱吃自来白，翻身看看有没，却全是别的样式。她懒懒地蜷在被里，聆听着外面孩子们追逐戏耍的噪吵声，好像有一队与月亮同时出没的魑魅魍魉，吱吱喳喳地在讲鬼话。

她仍住在西厢，因此月亮一升她便感到它的玉玉寒意。月光浸得她一炕一被的波光，她应付不及，一头埋进被窝里，哭起来，忽然真的觉得很冷清，冷得要抖，而这长长一夜是永远都不会有尽头的。哭着哭着，不知怎么极想到抚顺去。真的，到抚顺去，和他近近的，在人群中看他，看他在人群中的嬉笑怒骂，试试他们是不是真的不相干。

她揩干了泪，兴奋起来，挑一块提浆月饼吃下。

中秋过后，宁静对这念头一直惦惦不忘，徘徊一阵，又冲动一阵，终于在第四天下了决定。因为抚顺那边的老妈子及管家她不熟稔，亦不了解她的起居习惯，惟有把永庆嫂带着，同时有人到沈阳告诉赵云涛。

抚顺市的东七条至东十条，属于高尚住宅区，全是日本式房子，赵家的位于东九条，绛瓦红墙，四面围着修平了的榆树，通向正门的小径两旁植了夜来香、唧唧草、茉莉花等各色灌木，正门进去是玄关，上两级台阶有一扇嵌花玻璃门，然后是一条宽廊，右手两间睡房，左手一间睡房，另一间客厅餐厅并着，再里面是厨房厕所，出去便是后院，种了几畦蔬菜。

宁静是上午十点多到的，管家老刘紧张得什么相似，连忙打扫地方。宁静叫他慢慢来，玄关处脱了鞋，光着脚丫各处瞧瞧，这地方她小时候住过，还有榻榻米的，现在都揭去了。她指定住右方向着院子的房间，老刘便去置办一应用品。永庆嫂替她拿来一双鞋趿拉，她趿了，心念一转，又出来，吩咐永庆嫂替她雇三轮车。

她进房里换上一袭浅蓝底描花薄棉袍，套黑毛衣，揽镜照照，理理衣发，永庆嫂即来报说车已雇好了。

她记得爽然提过他的绸缎庄在欢乐园，叫旗胜绸缎庄的，挂屏上注明苏杭绸缎。一路上，她紧张得胃里发空，此去是要给爽然一个大惊喜了，她到底听他话来了，他呢？他仍是孩子气的一口白牙不可收拾地笑着瞅她吗？不知道那个熊柏年走了没有？可不要碰巧爽然下三家子去了。

旗胜绸缎庄的横匾一入眼，她便喊停付钱。她希望自己走过去。欢乐园是旺区，人比较多，来来往往的打绸缎庄门口经过，她每一步心一搐，看着那横横竖竖的布匹和不时挡她视线的行人，有点缥缈之感。任何可能发生的情形她都设想过了，但依旧不免为即将面临的命运忐忑着。

其实还未走得太近她已看见店铺角落里的爽然，着棕色薄呢西装，黑窄领带，正两手坠坠地插在裤口袋里和一个女孩儿笑聊着。女孩儿披过肩长发，饰粉红蝴蝶花夹，穿一件粉红薄绒洋衫，小圆领、束腰、下摆斜大，脚上是刷白的高跟鞋。她个子本就高，这一来几及爽然的眉额。因为身子一直是侧着的，脸庞看不大清楚。宁静在门口愣了半晌，决定不了如何是好，一个店员过来道："小姐，里边儿看。"爽然闻声盼来，见是她，"咦"一声，诧笑不已，两手伸出裤袋迎来，一头一脸的诧笑泻得她满襟都是。因为店外和店里有一级之差，爽然高踞级上，她昂首望他，觉得他摇摇欲坠的又要随时压下来。

他笑问："偷偷溜来了？"

她道："什么溜来溜去的，我可是背行李挑箩筐搬来的。"

"真的，"他开心道，"来，我给你介绍。"

宁静进去，看清那女孩，竟是浓丽，大眼大鼻子大嘴巴，这样大法儿，好像可以容纳许多表情言语，又可让它们泛滥。宁静第一个印象，觉得她比自己长得美。

爽然道："这是陈素云……这是我表妹赵宁静。"

素云热烈地道："哟，就是她，怪道呢，你那样着急地……"

爽然抢着说："什么时候到的？"

"前天。"宁静答。

素云道："那天爽然送布料到你家，知道你回了三家子，急得什么相似，当天就要连夜去，还是我说他别漆黑的摸人家门口，他才改了第二天的。"

宁静也不知道她讲这番话用意何在，瞟瞟爽然，他无事人般地笑着，问她："你是住在东九条不？"

她点点头。

素云提议道："俺们一块儿吃中饭好了。"

宁静咬咬下唇："不了，说过回去吃的。"

"没事儿，回去告诉一声得了。"

宁静无助地望望爽然，意意思思的始终不愿，便道："不了，改天的，还是你们去吧，我先走了。"过后出店门走了。

素云不解地耸耸肩，爽然亦耸耸肩："她的性情是有点儿拐孤。"解释似的，微不放心，又道："我再留她一下。"便追了出去。

只见她瘦伶伶慢腾腾地挨店磨，是熙攘中的一点悠闲，爽然撵上去不言不语，和她并肩走。

"你未婚妻？"她先开口了。

他鼻孔里"嗯"一声，俯首垂眉地光是走，走得慢。

"我今儿才记得……你回去吧，我自己雇车回家。"她把辫子捻着捏着，久久不自觉。两人面对面站在街上，秋风在人堆中挤挤迫迫地窜，吹得人衫袖不禁凉。

爽然道："我晚上找你。"

"你不知道地方。"

"知道的，去了就知道了。"说毕掉首回绸缎庄去了。

宁静吃过晚饭后半躺在窗台上等。这种窗户有两层玻璃，被很宽的窗台隔着，夏季天热上头可以睡觉。爽然该从东面拐来，那么她可以高声截他。这次来了，实在不知道后悔抑或不后悔。以往那样子，爽然虽是两面做人，但对付着都过关了。现在他腹背遇险，怎办？她是他正面的人，还是背后的人？

不一会子，爽然果真从东面拐来了，骑着自行车，像才从月亮里下凡来的，她又招呼又高呼，他直把车子驶进院子，大门处泊妥当了，踏着夜露润润的青草到她窗前。宁静叫他开门进屋，他说不了，省得骚扰别人，便斜靠着墙打量她。起初都话匣子空空的，各自想心事，她怕这般下去会哭，遂问他陈素云的事。陈素云的父亲是工程师，家境不错，有一个哥哥伪满时期让日本鬼子害死了。她与爽然订亲时十四岁，算起来，现年足二十九岁了。爽然并不怎么认真答她，她问的随便应付两句，最后道："咱们不谈她，哪来的这么大的兴趣，我载你绕一圈儿，好不好？"

宁静应允，就打窗户里出来。爽然扶车待她坐稳了，技巧纯熟地上车蹬踏板，出院子顺着大马路轮声轧轧地骑，她坐不惯，常滑下来，凡有动静他便高声道："坐稳了。"她于是竭力坐得稳稳的。夜街上简直无人，一地月光灯光朦朦梦梦的像溪溪涧涧，秋风清澈如水，她抬头望望月亮，圆圆皓皓的正营营追着他们。爽然的西装衣摆老向后拍拍她，她心一紧，觉得随时鼻子吸吸可以嗅到爽然的味道，后来果真做了，嗅到了，贴心贴肺的熟悉，心里绞绞地紧张起来，只见他长长的身板子高高地前俯着，前路她不必担忧，因为有这男孩一生一世地带她走下去，总带她去美丽的地方，总有美丽的地方可去。她忽然很想披发让这风把它们一丝丝都浸过沁过，便单手把两边的头绳都解了，头发纷纷的垂到脊后，风劲时舞。可是她这一动，坐歪了位置，爽然觉察了，停车回头，不觉整个愣掉。此刻风依然不歇，一大片飘飘翻翻的黑发，托着宁静白白尖尖的脸，神色薄薄浮浮的，是月的倒影。

他暗暗震动，感到一阵险如临渊的心荡神驰。她脸一热，低了头。爽然自知失态，微窘道："冷不冷？"她摇摇头。他小心地挽起车，蓦然对宁静生了一种不敢之情，没再叫她上座，径自往回走。她后面跟着。两条人影在地上你遮我挡，仿佛醺醺醉归似的。

抚顺由浑河分界，分为河北河南，河上建有一条桥，没有命名。爽然住在河北，每天早上骑自行车到河南的绸缎庄，如今多了一重事儿——先到东九条。有时候当窗和她聊聊，有时候载她绕一绕，一绕绕上好半天。晚上也来，隔着院子遥遥一呼，她应声而来，或与他走一段夜路，或坐在正门台阶上嘎嗒牙儿。入了冬，便迁移阵地到屋里暖暖气。宁静本有些忌讳，但经不起爽然成日没头没脑地来撩舌，想他这样不顾一切，她若是闪缩，岂不输他，便也坦然，只是奇怪这么久没碰见陈素云。疑心既起，整桩事便莫测高深起来。

这一段日子，赵家有送寒衣来的，有催她回去的；她送的东西都留下，催的人都撵走，一心一意等爽然骑车来，响烈地掸一掸车座，眼神一抛，绅士派地一伸手，示意她上座，然后扶着她骑。她笨，几百次都没长进，不过可能不是笨，是爽然太不敢让她摔，结果愈骑愈娇生惯养。

再见陈素云，是刚落过雪的早晨，她和永庆嫂到欢乐园买东西，心想她出了门，爽然今早十成扑个空，旗胜绸缎庄横竖就在附近，虽然他表示过不愿意她去，但顺路到那儿看看，给他一个小惊喜，想必无妨。然而快到门口时陈素云从里面出来，身畔一个怒容满面的半老妇人，嘴里咕咕唧唧唠叨着，陈素云一抹抹地紧拭泪，哭得很厉害，这情形下，宁静不好意思上前去，待她们走了方进店内。

爽然在后面账房里，托腮握笔不知乱画些什么，她蹑到他背后偷瞧瞧，只来得及看清楚"你知不知道"几个字他即发觉了，刷一声把那张纸捏作一团扔进火盆子里烧毁。

她跺脚道："写什么见不得人的东西，要毁尸灭迹的？"

他答非所问地道："怎么来了？"

"什么知不知道的？那个'你'是谁？"

他手一甩："没事儿，瞎扯！"

"给谁扯？"

他不接口，枕着头椅背上一靠。她亦不问了。踱至火盆子前闷闷地凝视炭火，他反倒忐忑起来，走到她身后道："好了好了，是写给你的，给赵家小姐——赵——宁——静的。"

她嗤地笑了，问："写什么？"

"你知不知道，我今早找不着你，很焦急。"

她情知不是实话，仍假装嗔道："什么大不了的话不和我说，自己躲着瞎涂。"

他扁扁嘴微笑一笑。

她续道："陈素云常来？我刚才碰见她，哭哭啼啼的，你欺负她了？"

"她跟你讲啥了？"他急问。

"她说你欺负她呗。"

"还有呢？"

宁静笑指他道："看你急的，咱们啥也没讲，她没见到我呢！"

他两手插进裤袋里瞄瞄她道："糟了糟了，学坏了。"

她道："我回去了，永庆嫂外头等着呢！"

他横手一拦，顺势到外面转一转，回来道："行了，打发走了。"

她坐到办公桌上，点点他胸膛："我就是坏，都跟你学的。"

爽然知道她有疑惑未解，有话未说，握住她的手指弦外之音地道："你学得有多足，我还有更厉害的。"

宁静记得清清楚楚那天是十二月三日，下着霏霏雪。她开暖气睡觉，两层窗户都关严，但外面那扇并未落栓，为方便爽然叫她的，那多半是一大清早，换了平常，他定定正门直闯掳人似的把她劫出去。就是那天，她一起床拉开窗帘，发现一只鸡蛋好端端地立在窗台上，各处张张毫无收获，冷不防爽然毡帽短袄大熊似的弹出来，她吓得半死，气得捶了那窗好几下。爽然白牙胜雪的光是笑，手势乱乱的指指她又要她出来，她忙更衣梳洗；出得来，爽然把蛋剥了她吃，她问："咋的啦？"他嘻嘻笑个不答，一面蹲下来把鸡蛋壳儿埋了。她亦蹲下来，满口蛋黄的捅捅他道："啥事儿？你生日？"

他干脆坐下来，两手拢拢着堆小雪山，笑道："我今儿溜号。"

"到底啥事儿？"

他仍不答，宁静没有追问的习惯，也自由他，吃着鸡蛋看他砌雪山，又侧过头来望望他，发觉他的鬓发竟长至很低，鬓上一颗黑痣，她忍不住手指刮刮它，愈刮愈手重，爽然"哟"一声捂着那儿："别手欠！"

她顽皮地伸伸舌头。他抓住她的脚踝猛地一揪，宁静惨叫一声仰跌在地，幸而衣服厚并不怎么痛，但还是脸红红的笑着气他。他站起身，拨拨衣上雪，一把拉她起来，说带她出去玩，她本来披着斗篷，因骑自行车不方便，只得进去换件短袄，顺便把方才仓猝梳成的头发理一理。

午饭是在小洞天饺子馆吃的，天气十分冷，漫天撒着雪片。宁静最爱吃素馅的，爽然给她叫了二十个，另外二十个三鲜饺子。

她几乎每五个饺子就得半碗醋，添了又添，把人家一整瓶醋吃去大半。他逗她道："你这么能吃醋呢！"

她"咔"一声咬一口大蒜，投他一眼，继续吃。爽然吃得不挺专心，看着她一只又一只地夹，把漏出的馅儿扒拉完，"咔"一口大蒜。他向店伙计要了点白酒，端着杯慢慢喝，宁静陪着喝一点儿，看着他，笑一笑，觉得很快乐，一身的轻，像外面漫天的雪，落遍他衣上。

吃完他说带她到一个地方去，宁静虽欲知道是什么地方，但终究把好奇心给压住了。她吃了不少大蒜，爽然一边顺风骑车，一边就闻到强烈的大蒜味儿一股股地涌来，又刺激又挑衅，不禁心神荡荡的。骑过桥时，爽然停下休息。两人倚着栏杆，下面是结了冰的浑河，许多小孩在冰上横冲直撞地溜冰，初学的动不动便"吧哒"一声栽倒。

他问道："会溜冰不？"

"会，以前在三家子常溜，你呢？"

"溜得不好。"

走了一截子，她调过身子面向他，变得一步步往后退，右手轻拍着栏杆道："我觉得没有名字的东西，好比这条桥，好像没有负担，可以不负责任似的。"

"那我宁可没有名字。"爽然道。

"为什么？"

"那么有些责任，我就可以不必负。"

"比如呢？"

"订了亲。"这句话他是极低声说的，仅仅启了启嘴唇。

宁静听不到，猜着了，依旧调回身子走，没两步紧紧棉袍小跳两下子，爽然知道她冷，遂道："上车吧！"

这回他骑得较快，寒风虎虎地打耳旁削过。她顶着大风嚷道："我知道那地方是你家。"她喜欢大风里这样跟他高声讲话，仿佛活得特别有劲头。

河北地区还不曾发展，有一半是农田村舍，其余多是民房。

爽然载她拐过几个街口便到家。房子的格式和她在沈阳的四合宅院差不多，是林家未到上海时已住下的，丢空了十数年，回来整修过才又住下。

是爽然母亲应的门，一望而知是上海人，白皙脸皮，富富泰泰，脑后绾个髻，脸型显得更柔润丰盈。她系着围裙，仍有些十里洋场的风情，宁静也摸不着自己是先入为主，抑或凭直觉。爽然和他的母亲东北上海话混杂地嘀咕几句，她觉得异样，好像他换了另一种方言，就换了另一个人似的。与爽然在一起，她第一次有失落之感。只听得林太太笑着道："是呀？"然后热情地握着她的手道："哟，怪可怜见儿的。到抚顺这么久，也不早点儿来玩玩。"宁静客气两句。众人踏雪来至正房客厅，带上厅门，林太太在火炉里加几块煤块儿，爽然问："爸爸呢？"

她回道："出去了，待会儿就能回来。你陪陪小静，我把晚饭的东西准备好。"

"这么着，我和小静外头蹓跶蹓跶，省得干等着。"

平常爽然很少直接唤她，如今在他母亲面前这样喊她，宁静听在心里，很是亲切。

林太太却蹙眉道："嗳，甭去了，大冷天的，屋子里多暖和，而且素云说好来的呢。"

爽然道："没事儿，打个转儿就回来。"

屋子里暖烘烘的，宁静也懒得动弹，既然爽然坚持，唯有依他。回来时林宏烈正在厅里看报纸，见到宁静，随便和她叙叙寒温，探问赵云涛的近况，便向爽然道："你没请顺生来？"

"他不干。"

林宏烈不怿道："睡不肯在这儿睡，要在店里睡；现在连在这儿吃顿儿饭也不肯。让熊柏年知道了，倒以为俺们亏待他儿子。"

"年轻人在长辈面前总是显得拘束，那也是常情。我却嫌他贼懒贼懒的，一天到晚老溜号儿，听说还是窑子里的熟客。账簿让他管，我真有点儿不放心。"

"唉！你就一眼儿睁一眼儿闭的，将就点儿，要不是他父亲，这爿绸缎庄还是没影儿的事儿呢。"

爽然悻悻地道："哼，我可不管，看不惯就骂，那兔崽子，不知好歹！"

林宏烈直起身子瞠目道："你们关系不大好，是不是？"

爽然不吱声，林宏烈又道："你别忘了，俺们家可是靠这爿店吃饭的。人家熊柏年大富大贵，答应投资是凑凑兴儿，旗胜垮了就拉倒，一根汗毛都伤不了。"

爽然不耐道："哎，俺们别谈这个，闷坏小静了，啊？"

宁静笑一笑，厅里顿时沉寂下来，外面的风雪声响遍廊院。

宁静褪下手闷子想，偌大的屋子住着一家三口，未免冷清。问起爽然，他告诉她原与族里的亲戚一块儿住，后来陆续搬出去了，讲着的当儿，陈素云来了，简直盛装出场，眉眼唇颊都化了妆，穿闪黑狐狸皮大衣，紫色毛裤，脚上一双牛皮翻毛短靴。脱掉大衣始见里面的浅紫套头毛衣，玫瑰紫绣花短袄。她递给爽然一个嫣红纸包装的小盒子道："生日快乐！"

宁静瞪瞪他。他连这都要瞒她。

爽然接过礼物道声谢，当面拆了，是一对镀金椭圆形袖口针。恰巧林太太迎出来，凑着头鉴赏一会儿，赞叹道："呀！精致极了！素云你真是的，人来了就行了，还给他礼物。"

她笑道："小意思罢了，爽然生日，每年难得一次。"

爽然抓着她的语病，打趣道："哪个人不是每年一次，难道你还好几次不成？"大家都笑了。

宁静因为自己没送礼物，心里过不去，暗怨方才没有逼他认。爽然瞒着她，他父母自然不知情，一定以为她小器不懂世面。于是有点怏怏的。

素云对爽然道："你没去绸缎庄？我才刚儿去找你来呢，想着一道来。"

爽然淡淡地道："是吗？"

林家夫妇都假装没注意，不接腔。林太太回厨房里干活儿，林宏烈问素云许多话，龇牙咧嘴地和她说笑。宁静想他对她冷眉冷目的，对素云热嘴热舌的，算是表明态度了，心情又沉一沉。爽然使劲逗她讲话，她也半答不理儿的。

不一会子，素云起身道："我到里边儿帮帮伯母。"

林宏烈道："不用不用，她一个人弄妥当了，弄脏了你这一身衣服可划不来。"

"没事儿，我也不过端端盘子洗洗东西罢了，干不了什么。"说着进去了。

宁静简直坐不住。自己来了这么些时候，一点儿没想到要帮忙。她看看爽然，怕他已经讨厌她对她失望，可是他照样挺兴头和她乱扯，她没听进去，觉得她果然不是他人群中的人。人群中，她只认得他一个，然而她是失落的。这一来她灰心得不得了，更郁郁懒懒的了。

晚饭时候，林太太提着火锅从里面嚷出来："来喽来喽，酸菜火锅哟！"

厅里马上一阵动乱，林太太把火锅搁在桌子正中，烟囱直冒着呛人的白烟，不时有妖妖的火舌吐吐吞吞。素云把切好的酸菜肉片分几次端出来，起码十多只盘子，摆满一桌。爽然找张报纸风口处扇扇，林太太道："不用了不用了，这火我生得旺，你倒是把花雕拿来暖上一壶。"

宁静这半晌不自在地杵在一旁，留神避免碍着他们，四肢废了般，此时进去帮忙端菜嘛，倒像是捡现成似的。

爽然把花雕搁在火炉上热，一切也就齐全了。他硬要挨着宁静坐，林宏烈硬要他挨着素云坐，结局是爽然夹在两个女孩子中间。

林太太笑道："爽然早就跟我说生日那天得请什么人，弄什么东西，可紧张了。"

爽然眼睛射射宁静，她把嘴唇弯成一线，取笑的意思。他给
她夹了一筷子牛肉粉丝儿，倒了一大碗醋。林太太补偿似的给素
云涮几块山鸡肉，夹给她道："你尝尝，甜是不甜？"素云赞好，
林太太又道："你过年再来，该有黄猄肉了。"

宁静吃得没心没意的，大碗醋拌辣油，都没怎么动过。爽然
使劲给她夹，她抽冷子又夹回给他，几次他都没发觉，待发觉了，
问她怎么了，她说中午吃得饱。

隔着白烟看素云，只见她紫雾雾的在那端，与这环境不协调
的眉线胭脂唇膏，在灯光下不乏迷人之处。只见她涮着酸菜道："伯
母你这锅儿不是紫铜的吧，我家的那个紫铜锅，酸菜放进汤里会
变绿的，好看极了。"

林太太道："哦，那俺们家也有，可是那得坐在小板凳上吃，
招待客人恐怕不大好。"接着向爽然道："你的酒要烧干啰！"

爽然赶紧取了来，各人倒一杯。林太太进去钳来两块黑炭塞
到烟囱里，另外锅里添点汤头。

宁静爱喝花雕，兼且什么都吃不下，喝得较急，把一张脸灌
得通红通红。爽然凑过去道："你像关公。"她难为情地抚抚脸颊，
素云道："你这样子很好看。"宁静腼腆一笑，手还留在脸颊上。

林太太忽然想起什么地道："哟，你们俩儿都没穿罩衫儿，把
棉袄弄埋汰了可怎整？我给你们拿来两件好了。"

宁静和素云来不及拦阻，林太太已经不见了，回来时手上搭着两件罩衫。宁静因为不打算再吃，终究没穿，倒是素云套上了。

　　宁静辛辛苦苦熬完这一顿，饭后坐片刻便告辞。素云亦起身说要走。林宏烈道："这么着，素云你多坐坐，爽然送完小静再回来送你。"

　　素云道："不必了，这多麻烦，我雇辆车自己回去行了。"

　　林宏烈道："不行，这么晚了，让爽然送一送吧！"

　　爽然提议道："这样吧，我和小静一块儿先送素云，然后我再送小静。"说毕雇车去了。

　　素云坐上三轮车后，爽然骑自行车载着宁静，跟在三轮车旁边。素云住在新抚顺，有好长一段路程。没有人说话，只有轮声轧轧。抚顺煤烟多，白雪都透灰透灰的，夜里却不大觉得，月亮大大白白的照在上头，一条夜街光光敞敞，却是个无事的世界。

　　到素云家，她发觉自己还套着林太太的罩衫儿，便脱下来笑道："我穿在身上，看不见倒罢了，连你们都瞎子似的。"

　　爽然笑道："的确看不见。"

　　道了再见后，爽然和宁静往回走，他懒得拿着罩衫，让她先拿着。因为骑了不少路，有点疲倦，便在一扇店门前坐下歇脚，宁静在他身畔坐了。两条人影在雪地上黏成一团，风一刮，项巾额发便跃跃欲飞。空气冻冻凛凛地汹涌而来，仿佛要把一切夷平。她因喝了酒，出来北风一吹，已有点头痛，现在痛得更尖锐，不觉靠在爽然肩上。他低头瞅瞅她，替她把项巾掖一掖好。偶有行人经过，都是哆里哆嗦低头疾走，像做错事的孤鬼。

月亮又偏一偏西，两人便重新上路。爽然大概确实累了，骑得非常慢，自行车嘎嗞嘎嗞响，好像一片片在绞碎月光。到得宁静家，已经月近中天。她目送他离去，自行车擀下一道长长轨迹，好像他无论走得多远，这儿仍有东西要牵挂。她一低头，方知道自己仍拿着那件罩衫儿，不由得笑起来，不知怎么今天三个都瞎子似的。

次日早上爽然比平常晚了还未来，想是昨儿喝了酒，走了不少路，不曾恢复的关系。不知基于什么心理，她极想把罩衫送到绸缎庄给他，又拿不准他去了没，磨蹭了个把时辰，究竟去了，却是素云在那儿俨然林家媳妇儿似的坐镇。

她笑殷殷地过来道："找爽然？他今儿身上不自在，会晚点儿来。"说这话时眼睛一直盯着那罩衫，想明明交给爽然的，怎么跑到小静那儿去了。

宁静有点惘惘的，素云道："你进来喝杯茶等一会儿吧！"

宁静往回挣道："不了，麻烦你替我把罩衫儿还给他！"

"好，反正我今天总会见到他。"

宁静忖量素云定是常来，所以爽然不愿她去。他就是什么都爱瞒她。

回到家里，永庆嫂告诉她爽然厅里等着呢，她开心不已，直奔厅里去，爽然看来亦是满怀喜悦，问她哪里去了，她哼哼着说是送罩衫去；他明知不单是这个原因，不过没追究。

宁静问道："不是说身上不自在吗，为啥不多躺会儿？"

他道："我压根没事儿，妈硬是摁着我不让起来。"

"啧啧，孩子似的。"

爽然戴上毡帽道："咱们外面玩儿去。"

她嗔道："都病了，还光顾着玩。"

"没事儿。"

"没事儿怎不到店里去？"

他嘿嘿笑着拿她没办法，任性道："走，今儿天阴，堆雪人最好。"

她一听到堆雪人，童心大起，一面啐道："说你孩子似的没错儿。"

前院遍地是厚厚灰灰的积雪，爽然后院抄来一把铁铲，一铲，往大门前撒了一铲雪，不一刻铲得一个小雪山，撂下铲子，两人用手堆堆拢拢，有一搭没一搭地聊天儿，渐渐地塑出个雪人样儿。堆得差不多的时候，宁静进屋里取出红墨水，给雪人点眼睛，点完搁在脚边。爽然野野地瞅她一眼："你这个大耳头帽子贼好看的。"

宁静这帽子作深灰色，帽前有宽长的两条垂下来，可以围颈子挡风，所以叫大耳头帽子。她听了，媚媚地盼他一眼，抿着嘴笑。

他加上一句："我知道不是你打的。"

她这回忿忿地横他一眼。

他煽风点火道:"是周蔷。"一厢仍挺无邪地堆着雪人。

她一张脸冷冽冽地塌挂下来。

他火上加油道:"有一天你能替我打毛衣,我就不用担心……"

一语未了,她捏了一把雪人肚子上的雪,"呼"地向他掷去,雪块"噗"地刚好打在他的腮颊间。他如法炮制的一个投球,她还以颜色,就这样的你攻我闪,愈打花招愈多,把雪搓成一个大蛋球,"虎"地抛去,"啵"地十分轰动地命中目标。没多久一个雪人全让他们给作践光了。攻攻守守之际宁静把那瓶红墨水踢翻了,染得雪地一摊摊眩目的红。两人仍不罢休,乱抓地上的雪当雪弹,抛抛掷掷,噗噗啵啵中掺着清清朗朗的笑声。

如此这般,两人打了一场好雪仗。

接近春节,赵家频频来人请宁静好歹回去吃年夜饭,过个年。她想想连过年都不与家人一淘似乎过分,只得答应。爽然初五六亦要去沈阳到熊柏年家及赵家拜年,便约好过了年一道回抚顺。

爽然初五到赵家,经过西厢,瞥见宁静和周蔷在厅里唧唧咕咕不知研究着什么,周蔷指间托着两支钢针,针上穿着一方浅蓝毛布,宁静则拿着一球毛线。他觉得有趣,停在那儿看,这当儿宁静抢过钢针试两下子,试试周蔷拍她一记,她不肯放弃,周蔷要夺,争夺间桌上的毛线球滚下地了,宁静弯腰待拾,手刚碰上毛线球,眼皮一跳一掀,看见台阶上爽然的棉袍下摆;直腰之际,一寸寸地把棉袍看尽，然后是他的脸，喜喜茫茫地笑着。她不知为何有一种异样的隔世之感。

她显然有些慌张，把毛线球一塞塞给周蔷，出来站到台阶上，眨眼瞟瞟他，竟是羞涩。他略有些窥人秘密的窘态，脸赤赤的，暗里焦急，轻声问道："赵老伯在不在？"

她答"在"，引他正房那儿去了。

他放下果匣子，赵云涛出来，给他十块钱压岁钱，宁静一旁鬼鬼地笑他。大家说了些吉庆话儿，互道近况，东南西北瞎白话，爽然便起身告辞，其实仅是从正房客厅告辞，脚尖一旋即到西厢，和宁静周蔷一淘笑闹去了。宁静摆满一桌子的小人糖太妃糖牛奶糖、红白沾果、糖莲子、瓜子，使劲撺掇爽然吃，问他哪里去来，他一面嗑瓜子一面告诉她是到熊柏年家去，信口谈到此人的品性家世。她听着，一颗颗红沾果往口里送，满齿腔咔哧咔哧响，响得一塌糊涂，他诧视她，仿佛她全身骨节都嚣里嚣张地爆响着。

远远的地方有人节气腾腾地烧起炮仗。

宁静和爽然约好初七回抚顺。唐玉芝大不愿他俩要好，但一来不知道到了什么程度，二来抓不着充分理由，暂忍耐着不阻挠。赵云涛因宁静抚顺回来开朗了不少，人也精神焕发，便无甚异议。从来许多事他都让宁静自己决定。

过年期间，所有店铺起码放一个月假，爽然常常闲闲地荡呀荡就荡到宁静那儿。宁静多少有些没着落的，他那样子常来，他家人如何？素云如何？她一点口风也探不到。有时候搁门缝里看他来看他去，还觉得他愁思难遣，可是在她面前，他真是无知无邪笑得豁豁亮亮。她的视野日渐缩窄到只容他一人，他背后的东西她完全看不见，一切远景都在他身上，甚或没有远景，而他就是她的绝路。

爽然央她元宵节到他家里过，她说什么都不应承，抬过杠，僵过，威胁过，全告失败。最终的妥协，是他当晚接她去逛元宵。

元宵前夕，爽然给她带来一大包红沾果，她笑道："过年还吃不够？八成想撑死我。"

他道："我看你挺爱吃的。"其实他更爱看她吃。

进得房内，宁静神神秘秘地偷着笑，目光流流离离的。她坐在炕沿上，挪一挪挨近枕头，一只手探到枕头下，先揪出些浅蓝穗子，其后手指勾挠着揪揪挦挦扯出一条浅蓝围巾，一味裹着缠着发愣。爽然不欲她为难，一把拽过去脖子上一围，灿灿笑道："好不好看？"

她点点头，心里卜通卜通跳。

他解下来托着颠颠抻抻道："长宽都合适，可惜，啧——"说着一只手指穿过一孔举起来道："——窟窿儿太多。"

她一个箭步狠狠攫去，反身打开窗就往外抛，他很吃惊，赶到窗边漫空一捞，及时捞住巾梢，但另一端已经沾地，他拉回来抖一抖道："打得那么辛苦，扔了不可惜了儿的？"他一掉头，看见宁静愣瞪着眼睛瞅他，一大珠一大珠泪水往下滚，他只是惶急不解，一把把她拉进怀里。大风劈得窗户拼拼砰砰撞，房里的暖气洩走了大半，她簌簌打了个哆嗦。

元宵节一整天宁静精神都不大舒坦，稍微有些发热咳嗽，但因为心悬着晚上逛元宵，没有作声，尽量躺着休息。

晚上爽然接她到欢乐园，先寻个隐僻处把自行车锁好，然后到绸缎庄去。宁静这才知道他和素云约好了绸缎庄门口会合，不免有几分怨言。

素云是在林家吃的晚饭，饭后林宏烈顺理成章地把她往爽然那边一搡，要他们一块儿逛元宵去。爽然当然不能把一个女客丢在自己家里和两老闷对着，更不能请她自动回家，变得根本没有选择的余地。他对素云这种"抓着不放"的作风实在非常反感。

三人一钻入人丛，爽然就一意贴着宁静走，偏偏她生气了，他贴得愈近她愈气，愈气愈走得快，愈快反而助长了怒气。街上人多，存心躲没有躲不来的，他和宁静的距离便越拉越长，三人走得离离散散的，素云撵他他撵宁静。最后他一抖擞冲上前去，袖袖袂袂中拽住她的斗篷，喊道："小静。"她一惊回头，触到他黑焚焚的眼睛，一颗心立刻软化了，整个人也软了，而且想哭。大概是身上不自在，所以火气那么大，她想。两人都默不作声，那种心情，有如短短一瞬间便历尽了人世的沧桑聚散。待素云追上，三人再又并着走。宁静想到她和爽然老把素云撇在一旁，不把她当人似的，实在有点过分，况且刚才自己闹别扭，并非完全针对她；然而顿时和她亲热起来，似又太着痕迹，便感到相当为难。

东北过年有一种习俗，就是在除夕午夜烧炮子后吃元宝，馅里夹了红枣栗子什么的，吃了会流年吉利。爽然问她们有没有吃，其实只是随便问问，通常没有不吃的。素云说吃了，宁静却没有，因为包元宝前栗子让她和小善吃光了，她又不爱吃红枣，便没吃。

她还打趣道："今年要流年不利啰！"

爽然虽不迷信，不知怎么有点惴惴的。

元宵节的欢乐园，遍地的雪，天空里烟花炸炸，月亮一出，晴晴满满的照得远近都是宝蓝。夜市到处氤氤氲氲，杯影壶光，笑语纷扬，吊吊晃晃的灯泡发出昏晕的黄光，统统在浩大深邃的苍穹底下，渺小而热闹，真是烟火人间。一概卖元宵的、冻柿子冻梨冻橘子的、冰糖葫芦的、油茶的、小人爬的、化妆品的，都是挑了营生家伙单为了来走这一遭，明天又不知都上哪里去了。

气温非常低，游人讲话时都呼呼喷着白气，吐蚕丝似的，都在作茧自缚。经过摇着拨浪鼓的货郎子时，宁静"呀"一声，伸手拂拂一绺浅蓝头绳，她留意了很久没找着的，但也只倩笑一下，便追上他们去了。素云想吃油茶，宁静不舒服，腻得吃不消，爽然唯有陪着吃。冲油茶的沸水盛在一个大大笨笨的铜壶里，小小的壶嘴嘻溜溜噗嘟嘟地直响，仿佛开足马力的机器急速收煞的声音，要不是在这么嘈杂的环境下，多远都能叫人神经紧张。

爽然吃了半碗，问宁静吃不吃元宵；她最喜欢豆沙馅的，想今年仍未吃过，虽然口淡淡的，还是馋，遂点了头。

卖元宵的摊子，一个大瓷盆里底圆顶尖地搭了座元宵山，峰上罩只嫣红网，真是洋洋喜气。爽然不吃，素云要了玫瑰馅的，大北风中白气蓬勃地吃。宁静上下两排牙齿比齐了撕来吃，吃吃咂咂舌，无论如何吃不太下，无聊间初次注意到素云的装束。她今天穿黑底鸭屎青大团花棉旗袍，墨青对开棉背心，黑狐狸皮大衣，棉裤棉鞋，没有姿色的女人，亦能穿出几分姿色。

突然爽然喊她们稍等，说他去去就来，宁静只觉得一阵袭心的熟悉，随即看见他的背影掩掩映映的到了灯火阑珊那儿不见了，很快地，又从灯火阑珊那儿一寸寸地冒出来。宁静悠惚惚地记起去年初夏的庙会，她和爽然刚认识，也是这样在人丛中乍别乍聚。他来到面前，素云已经吃完，宁静还捧着碗发怔，他单着眼睛向她眨眨，她才鞥然一笑，还了碗。素云问他做什么去了，他说想买个冻梨吃，先前经过看见有，可是太冻，就算了。

三人又略逛逛。夜空中"篷篷篷"绽出各色烟花，有帽子、衣架、高粱、包米、美人……一一登场又一一退位，淅淅沥沥漫天陨星如雨。宁静正观赏着，素云碰碰她道："小静，买不买点橘子回家？"宁静摇摇头说不必了，爽然提醒她道："你不买些回去分给永庆嫂老刘他们吗？"她还未转过脑筋，爽然又道："来，我替你挑。"说着一块儿买橘子去了。

挑着橘子，素云道："你倒替小静管起家来了，也不怕人家嫌你好管闲事儿。"爽然望着宁静微笑一笑，她也回笑一笑，和他很亲的。

离开了夜市，笑语人声细细密密的遗落在后头，宁静有点神志飘忽，好像随时打个呵欠，一回头，整个元宵市场会凭空消失，幻象一样。

第二天早晨爽然仍到宁静家，一进门永庆嫂哭丧着脸与他道："表少爷，你来了就好啰，小姐半夜里发高烧，热度高得不得了，我……"

一言未了，爽然早闯到房里，摸摸宁静的额头，简直烫手。他喉音颤颤的叫永庆嫂雇马车。雇了车，也管不了那么多，棉被一裹把宁静抱起，坐车直奔天生医院。送到急诊室，有负责的大夫治理，爽然急得心都碎了，恨不得替她病了才好。大夫说是患了急性肺炎，没有危险，但得在医院住上两三个星期。爽然放了一半心，嘱咐后到的永庆嫂回去收拾一些宁静的衣物用品，顺道到他家说一声。

爽然做主让宁静住头等病房。将近晌午，林宏烈夫妇和素云都来了，小坐片刻。

林宏烈道："有永庆嫂在就使得，你跟俺们一块回去吧！"

爽然道："横竖我也闲着，你们自己回去吧，别等我吃饭。"

素云道："这么着，我留在这儿陪爽然好了。"

103

"不必了，你们都回去吧！"

爽然拒绝得那样倔，以至空气胶着了似的。素云遏着怒气起身离去，林宏烈夫妇也走了。临出门口林太太回身向爽然道："依我说，你还是把宁静送回沈阳去，到底有个亲人，什么都方便些儿，……当心别过上了。"

爽然想想也对，宁静一个人离开家住到抚顺，已经不合常情，没有事的时候犹可，如今人病了，连家人都不知会一声，怎么都说不过去，而且沈阳的医院，究竟设备好些。自己心中就有多不愿，也只得送她回去。

宁静的体温高达四十度，整个人昏昏沉沉的，一张脸刷青。爽然站在窗前痴痴地想事儿，外面下着大雪，天黑还没有停。他整天只吃了两块永庆嫂带来的牛舌饼，又老是站着，乏得难受，终于在沙发上盹着了。惊醒的时候，房里漆黑的，只听见远远里巷间传来一声声幽幽危危的"冰——糖——葫——芦"，"爽脆冰——糖——葫——芦"，雪夜里真是悽悽断人肠。

爽然送宁静回沈阳途中，在火车上，宁静醒了，退了点烧。爽然跟她笑道："看你还敢不敢不吃元宝，你瞧，现世报。"她倦倦地笑着，推他说不要回沈阳去，他就别过头去了。

回到沈阳，宁静住进和平街南满医院的头等病房。赵云涛唐玉芝小善江妈簇簇拥拥都来了，怪她不该一个人住在外头的，怨她不当心身体的，谢谢爽然照顾她的，喳喳呼呼的好一阵忙闹。

永庆嫂没跟来，赵云涛便留下江妈照料宁静，临走时，他掏出几十块钱给爽然："这两天麻烦你了，住医院坐车什么的，这个你收下吧！"

爽然使劲往回推："您老甭客气……"

"应该的应该的，"赵云涛截道，"江妈收拾点儿东西就来，你有事先回吧，替我问候你父亲，啊？"说完脚不沾地地走了。

爽然握着那把钞票，脑里一阵发空，像突然挨了一拳，又不知道什么理由，然而以后这里没有他的事了。他把钱塞到宁静枕下，她张开眼睛，大概听到了，心里难过，沿着眼角流下一行泪来。

她问："你要回抚顺？"

他点点头，又摇摇头。绸缎庄再过十几天才开业，他大可不必回去，可是他不能住在医院里陪她，更不能住到赵家，逼不得已，只得住旅馆。

以后赵云涛早晚会到一到，看见爽然也没问什么，爽然觉得他这点就比自己父亲强。过了三四天，林太太忽然来了，坐了好一会儿。爽然知道有事儿，借口送她出去，一关门便问："干啥呀？"

林太太蹙眉皱鼻地说："哎呀，老头子急眼儿了，说你怎么送个人，送了这么些天儿，连自己都给送走了。"

爽然恼道："你们这是啥意思，我挺大个人了，干点什么还非得盯着不可吗？"

"你的事儿我可不管，还不是你爹的那个炮筒子脾气，一点儿不随心就炝蹶子。我是叫你心里有个底儿，回去准是一顿儿排头。"

爽然不吱声，林太太接道："昨儿下午呗，素云家又来催了，叫我拿什么话回人家？"他甩甩头道："别理他们。"

"你呀，唉，别怪我说你这孩子呀，忒不着调儿，订了亲的人了，还夜时白天的和一个大姑娘在一起，也不怕人家传闲话，说俺们家出个风流种子，着三不着两的……"

"妈，你有完没完？"

林太太动了气道："好，嫌我噜苏，我不说你，你看着办吧！别老让事情不托底儿的就是了。"

爽然叹口气道："什么时代了，订亲的事儿……"

"得了吧，你那套理论我会背了，你爹可不那么想。"

这时已经到了医院门口，林太太浑身扑搂扑搂，紧紧头巾："你在哪儿下处？是赵家不？"

爽然含含糊糊地"嗯"两声，道："我开市就会回去的。"

林太太机灵，"哼"一声道："老远来到，招待也不招待一下。"说着掏出一百块钱给他："哪，拿去，前辈子该你的！"

爽然望着她离去，苦笑一下，感到无限悽怆。

宁静发烧发了六七天，起初干咳，随着痰咳，每天依时打针吃药。人瘦了不少，腮颊微微下陷，眼睛大大的，江妈早晨给她打辫子，就打一条垂在脑后。负责宁静的大夫姓熊，很年轻，不会超过三十岁，待宁静非常好，在爽然眼里，好得近乎殷勤。有时候巡房他不在，熊大夫就坐着和宁静聊天，等他来了方走。宁静一直觉得这大夫有点面熟，方脸、金丝腿儿眼镜。她再往眼镜上想，终于想起来了。去年她初回三家子，和尔珍在田边唠嗑儿，一辆马车停下来问路，车上的年轻人就是熊大夫。她却不说出口。见过那么一次就有印象，倒像他有什么叫她难忘的地方似的。

然而，一天熊大夫循例巡房，记录病情时笑道："说也奇怪，开始的时候，我就觉得你们俩儿都很面熟，可是一直想不起来在哪儿见过，现在想起来了……我卖个关子，你们猜猜。"

他说话慢拍子，一句是一句，好像刚学会这语言，措辞文法都得斟酌一番。

爽然本来站在窗前看街景，此刻也转过身子。宁静假装向熊大夫脸上端详一下，苦笑着摇头。

"那么，给一个提示：在三家子。"他道。

熊大夫道："去年九月左右，我有事儿下姚沟，绕错路子到了三家子，车伙儿停下来问路……怎么？想起来没？"

宁静装到底摇摇头。本来认了也无妨，但否认了那么久，一下子扳过来，她觉得很不自然。

熊大夫顶顶眼镜道："那也难怪，隔个几丈远，不见得能看清楚。"

他望望爽然，爽然挠挠鬓发，很不诚恳地撇撇嘴，摊手道："对不起，没印象。"

熊大夫难堪地正正眼镜，嘱咐宁静多休息，便掉头走了。

爽然知道宁静喜欢《红楼梦》，一天给她带来第一册解闷儿。

宁静奇道："咦，你也有这书？"

"买的。"

"几册全买的？"

他点点头。

她说："犯不着呀！"

他笑道："你那么喜欢，想必是好的，我也想看看。"

宁静病后精神虚虚的，懒怠看，爽然兴之所至持书在手道："来，我说给你听。"随即大模大样地坐下，合目一分，是第八回宝玉宝钗互看通灵玉金锁，一个镌着"莫失莫忘，仙寿恒昌"，一个镂着"不离不弃，芳龄永继"。爽然觉得这不好讲，揭到另一处，是第二十三回贾政追究袭人的名字的，又没大意思。支吾间前翻翻后掀掀，只不知从何讲起，如何讲法，把一本书翻拨良久，最后掩卷讪笑起来。白牙一亮，宁静始发觉他的脸红赧赧的，要不是白牙一衬，倒不显眼。她不知怎么也随着难为情，轻声道："不会说书就别逞能。"

恰值熊大夫进来，探问了她的病情，看见爽然手上的书，便询道："啊，林先生对古典文学有兴趣？"

爽然答道："不，给小静解闷儿的。"

熊大夫转向宁静道："那么，赵小姐的文学水平是不错的了？"

宁静勉强一笑，他又道："那么，赵小姐有没有接触过西洋文学？"

宁静摇摇头。他微笑道："你要是有兴趣，我可以借你看看。"

第二天他果真携来一本《普希金诗选》。宁静草率翻翻，并不合心；后来忍不住再拿起来看，渐渐看出兴味来，边看边笑，总觉得怪怪的不大适应。

爽然粗鲁地道："他妈的，有啥好看的看得那么开心？"

宁静犹自看看，笑道："熊大夫看的书倒挺逗的。"

"啐，现在的大学生都兴这玩意儿。"

宁静说："我先还不觉怎的，看看却有趣极了，我念给你听：是最后一次了，在我脑海／我拥抱着你可爱的形影／我的心在寻索逝去的梦／我带着畏怯的温柔／郁郁地想起你的爱情。／我们的岁月在奔驰、变迁／它改变了一切，也改变了我们……"

她正要念下去，爽然"霍"地拿起那本《红楼梦》，乱翻一页抢着念："无我原非你，从他不解伊，肆行无碍频来去。茫茫着甚悲愁喜？纷纷说甚亲疏密？从前碌碌却因何……"她停了。她觑觑他，很是惊异，他竟是生她气，这个野人，在生她气，念得剁猪肉似的。她屏气和他斗几句，全让他剁得碎碎的。

她低低叱道："什么屁大的事儿！"

他梗着脖子不吱声。

她故意说："你念下去呀，最后两句怎么不念？"你敢，她想。

却听得他粗声念道："到如今，回头试想真无趣。"

她"啪"地把诗选掷到地上，这一气急猛咳起来，愠道："好，是你说的。"其后将棉被一揪盖住头脸，不一会儿便听到鞋声拓拓。他一径去了。

开市的时候，宁静快出院了。爽然回抚顺照料，第二天又来了，手里提着箱子，向她道："我得到杭州一趟。"

她一怔，没想到去这么远，眼红了一圈，死命低着头不朝他看。

他搭讪着又说："我理当半年去一次的，上回到熊老板家拜年也就商量这事儿。"

她恨道："也不早告诉我。"

"告诉你也没用。"

"有用才告诉我吗？"

他因昨天让林宏烈结实骂了一顿，心绪怫怫的，懒得与她抬杠。两下里都沉默着，沉默中别有惆怅。

最后他道："反正你明儿就出院，也用不着我了。自己当心身体就是。"他一语既了，便头也不回地走了。

宁静出院回家休养，只觉门庭依旧，情怀全非。成日家恹恹慵慵地卧在躺椅上摇，咕咕咽咽咕咕咽咽，没有尽期的岁月的平稳和劳碌。熊应生，也就是熊大夫，经常来做客；每回捎点儿人参当归给宁静补身，连带地也送玉芝一些党参鹿茸虫草什么的。他叔叔开中药行，这些都不费钱。以后到赵家都说给宁静送补品，好像不如此便没借口似的。唐玉芝终于暗示道："熊大夫是小静的大恩人，以后俺们都自己人似的，这样老送礼，岂不见外！"此后，熊应生便来得两手空空，名正言顺。赵云涛夫妇对他的评语一致是"年轻有为，老成持重"，比爽然强得多。尤其唐玉芝，看见他便贱咧咧的笑逐颜开，他与宁静聊天儿，她有生以来识趣地避到里边。

爽然不在，宁静百无聊赖的，浑身不得劲儿，于是熊应生的探访，几乎成了她日常的一种寄托。他日间上班，多半晚饭后来，灯泡下眼镜片上老汪着一簇光，方正的脸，厚实的鼻子，一副城府极深的相貌。

他来了，总和她琐琐碎碎地扯些杂事：医院里遇上难伺候的病人了，路上让自行车撞了，家里和堂弟弟怄气了……讲完自己嘿嘿笑，笑得干干的。她不明白什么叫印尼华侨，反正他就是那么一个，原籍广东惠州，家族在印尼雅加达定居，父亲是大乡绅。他叔叔回国，把他带着，带到关外，伪满前的事儿了。他叔叔有两儿一女，自小和他一块玩耍、长大的，经过了伪满，然后国民政府……娓娓道来，也是一番临往事，伤流景。

有意无意，她总喜欢将他和爽然比，这个那个都比，结果这个那个都及不上，骄傲得不得了。她其实不讨厌这姓熊的。他是个知识分子，然而却不大像。与他相对，过的是家常光阴，许多人生的婆婆妈妈噜噜苏苏，合时的感慨喟叹，合理的人云亦云，极端平凡又甘于平凡，他的脚后跟一出门槛，她就把他忘得干干净净的。

爽然三月回来，沈阳已经开始融雪，地上一泓泓垢水，晚间气温下降，水结成冰，行人随时摔得全身骨头散掉。他找宁静的早上，正值熊应生放假在赵家做客，和她在西厢谈天。江妈把爽然引进来，宁静整个人一震，腿软软的站不起来，他大包子小瘤子地越过院子，整抽东西向正房那边指一指，表示先去拜访赵云涛夫妇，约一炷香工夫，他剩下一只盒子来了。宁静轻笑着说他今回去得这样久，解开盒子，是龙井茶。她失望道："怎么是吃的呢？吃了岂不没了。"

他长手长脚比比画画地道："嗳，吃的东西是吃进你的人里头去，可以长高长胖；那些破伞破扇，不过身外之物，还得这疙瘩儿那疙瘩儿的没好处放，多招罪。"

她禁不住笑道："哪儿来的歪理。"便预备把茶拿到里面让江妈沏，爽然却一伸手按住盒子道："你一个人的！"

"得了。"她笑道。说罢里面去了。

爽然自始至终没和熊应生打招呼，此刻才略颔一颔首。熊应生问他一些杭州的风物人情，他不是没留意，就是没理会。熊应生自觉无趣，待宁静出来便告辞走了。

宁静拍爽然的手背一记道："你得罪人家了？"

他大不以为然："没有，没得罪他，欺负他罢了……天下华侨都是伪君子。"

"啧，贼坏。人家惹了你了。"

他断了这话题，问她道："喂，回抚顺住？"

她神色一黯："得问我爸爸。"

"上次不也没问吗？"

"你想我像上次那样子？"

他搔搔鬓边道："还是问问吧！"

江妈沏了一壶龙井茶端出来，又替他们斟了。两人托杯缓呷，清清甘甘的。

宁静笑道："不是说我一个人的吗？"

爽然头也不抬道："那有啥分别？"

她又拍他一记。

当晚，宁静到赵云涛房中，他正和玉芝讲话儿，看见宁静，道："小静，你来得正好，我和你阿姨打算过两天请熊大夫来吃顿便饭，你意思怎样？"

她不置可否地说："你们请你们的，干我啥事儿？"

赵云涛竖眉瞪眼地反问："怎不干你事儿呢？人家把你治好了，又三天两头送你东西，俺们请他来，不过替你谢谢他，我又没有好处。"

宁静心想，换了别的大夫，一样能治好她，偏偏倒霉落在姓熊的手上罢了。她孜孜搓着辫子，心烦意乱的。

赵云涛又道:"好吧,事情就这样定了……"

"我要回抚顺住去。"她情急冲口道。

赵云涛愀然变色:"你上次偷着溜了,我没派人逮你回来算便宜你了。你别以为你大了,我惯你,你就可以胡来……你有多大本事,病了还不是老老实实回家来。病得不够你受,还想病是不是?总之这回你休想。"

宁静眼睛噙了泪,只是哽咽难言。父亲几乎没有这样骂她过,他素来是最开通的。她明知道,关键在熊大夫那儿,分明这年轻人十分中他意,他起了私心,所以那么袒护熊大夫。想起来真替爽然觉得委屈。

唐玉芝一旁帮腔道:"是呀,小静,抚顺那嘎儿,你也住了不少日子了。你一个人在那儿,俺们也不放心。况且这一向熊大夫常来,看不见你,人家多失望呀!"

宁静不接碴儿,玉芝又道:"林爽然那小子,什么地方值得你这样?论人品、学识、家境,熊大夫这人呀,打着灯笼找不着。"

这些话,以前宁静逢上相亲,要是对方是玉芝举荐的,玉芝就得重复一遍,因此宁静根本置若罔闻。她只是气,气得发麻,毕竟憋不住,让眼泪流了下来。她一言不发地出去了。

回到房里,她呜呜哭起来。本来此去她并无胜算,计策好如果父亲坚决反对,她暂时拖些日子再说。一来她不希望太激怒父亲,他近来健康大不如前了;二来她也不想太贴着爽然,两人这样亲,日后不知会亲到何种地步。但她万没料到情形这般叫人心寒。熊大夫治她，是他的工作；待她好，算他有心。爽然却是扔下一切来陪她的，陪了十多天，一个人孤伶伶地住旅馆，整个人憔悴尽了，依然什么都不讲。他岂可为她为得如此委屈。

次日天未破晓，她簪星插月的再次离开沈阳。

爽然拎着皮箱到赵家找宁静，听听答复，没问题的话可以马上一道走。谁知赵家人皆翻着白眼看他，什么都只答不知。玉芝见是他，冷冷地道："林先生，回到抚顺，请你替俺们给小静传句话儿，就劝她先回家来，有话好说，父女间能有啥大不了的过节儿，气平了也就算了。一个单身大姑娘在那儿，万一让一些王二混子欺负了，远水救不得近火，到时候可别怨我们。"

爽然揣测宁静是和家人闹意见了，当下不搭话，离了赵家便乘快车赶回抚顺，直接到东九条。

他远远便看见宁静坐在台阶上托腮发呆，登时叫停，三轮车今天慢得简直过分。她望着他跑来，盈盈笑着。爽然傍她坐了，她道："我知道你会来。"

他道："不是说好一块儿的吗？怎么倒先来了？你爸爸答应了？"

宁静只答最末一题："答应了。"

"怎么先来了？害我白跑一趟。"

她这才想起他定是到她家去过了。那么，他一定知道她说父

115

亲答应了的话是撒谎，想着不由得脸一热。这人，宁可不揭穿她，让她自揭自。

爽然笑问道："我给你的龙井茶有没有带来？"

"哎呀，"她一顿脚惋惜道，"忘了，你瞧我多没记性儿。"

他只管笑着，笑得脸庞透红。宁静打量他埋怨道："人家病了一场，瘦了倒罢了；你又没病，怎么倒陪着瘦。"

他仍然只顾着笑，她瞅他半晌，忽然很想很想和他生生世世的亲，想得心都疼了，不大懂得该怎么活了。

梨花未开尽的时候，她成天闹着要砍一枝。爽然应允替她物色一株无主梨树，要开得最璀璨、最招摇的。

一个星期天，他们荷着斧头去了。爽然挑中的梨树在河北郊野，砍起来不那么引人注目。那是一个小丘，丘上树树梨花白，风里抖抖擞擞，一天的银烁烁，俯瞰下去是畦深畦浅的绿田，真是春意烂漫。爽然攀上他意中那棵，一斧头砍着一枝树桠杈。她昂首望着，阳光一针针扎眼睛，她以手作檐，眯睎着眼仍在看。密密丛丛的白瓣间有他的黑发，他的衣衫，他的手势，他的声音，那么高高在上，高与天齐，她愈望愈不可及。"喀勒"一声，梨花落下了，他笑笑地立起来，更高了，她吓了一跳，觉得他势将压在她身上。

宁静扛起梨花，他要扛，她不干，一路走着，她摆呀晃呀地没个走态，枝上的花花梗梗搔得他怪刺挠的，只得绕到她另一边走。

经过到河南的桥时，下起霏霏春雨，她透过枝隙瓣缝窥窥他，心里一缕亲意。迎面走来一个三四岁的小孩儿，大人牵着，因此一边膀子吊得老高。她竟就想到要给他生一个孩子，男的女的都没关系，不过都得像他，牙齿白白的。叫什么名字好呢？……女的就叫梨花，男的呢，男的呢……她想想笑出声来。他看看她，不知她笑什么，自己也笑了。春风吹面，片片梨花飘飘曳曳地落到滚滚浑河里去了。

回到家里，两人把梨花插在一个盛了水的坐地大花瓶中，整个挪到宁静房里的窗前。她舀来一瓢水，一手握瓢，一手掬水往梨花上泼洒。春阳斜斜筛进来，落在水露上是金色的幻灭。她心一动，忙放下瓢子坐到桌前，抽屉里取出纸笔。

"你干啥？"爽然问着便过来看。

宁静起来直把他推到窗边，硬要他向着窗外，道："不许瞅着。"

她踅回桌子那儿，也懒得坐下，飕飕地写了几句，把纸藏好，然后背着手笑眯眯地蹀到他面前。

"写啥呀？"他问道。

"才刚儿我看那梨花好，得了两句词，记下省得忘了。"

"哦！"他恍然道，"就是嫁给富贵的那个破文章呀！"

她气得踩他一脚："别缺德。"

爽然手一伸道："让我瞧瞧。"

"不行，才只半阕，待我填完的。"

她走到他对面，两人中间刚好隔着那株梨花，趁风频挑逗。

五月中旬的一个下午，熊应生找上门来了。那时春天寂静，宁静正躺在床上苦思那下半阕词，她现在几乎一有空儿就想，好快点送给爽然。永庆嫂报说来客了，她微微发愕，想不出会是谁。知道是熊应生后，她竟是不大高兴。

主客在厅内坐定了，寒暄几句。他似乎十分口渴，喝了许多茶，她替他斟了又斟；她既然斟了，他就不好意思不喝。

他顶顶眼镜道："我到抚顺来，是有点事儿，顺道拜访拜访。"

她轻"哦"一声。那么他也算不得一个有心人。

他又道："赵老伯近来老有点胃痛。"

"以前也有。"

"对，对，不过近来严重了。"

她接着问："那么你是常到我家啰？"

他一径点头："应该的，应该的，那没什么，没什么。"

她差点儿没笑出来，睨睨他。暖天里他好像有点走样，比以前胀大了，额际和鼻子洼里泌着腻亮的油，以至一张脸油里巴唧的。

他搓手道："最近收到我妈的信，说明年夏天会来。"他干笑两声又道："我们母子差不多二十年没见了，想起来，日子过得真快。其实她早点儿来更好，我可以多陪她玩玩，可是南方人怕冷，尤其印尼那儿，终年没有冬天的。"

他干笑着。她想他相貌走样了，人倒没变。这种家常话题，她听着也不能说完全无趣，因为它本身即是一种亲切。

他又顶顶眼镜，搓搓手道："我母亲希望我能够尽快娶妻……嘿，老年人，总是希望看着儿女成家立室，他们也好抱抱孙子。"

她觉得情势危急，兜转话题道："你认为我爸的病该怎么个治法儿？"

他有点措手不及，连"哦"了两声道："依我说，赵老伯这病是喝酒喝的，要尽量少喝才能够根治。最好你能回去，劝劝他。"

"有阿姨不就得了。"

他笑一笑道："那你还不了解老年人的心境，他们总是希望儿女在身边。你们上次闹翻了，他心里不痛快，自然多喝了。你回去，他开心，用不着劝也会少喝的。"

她听了觉得有理，一时起了动摇。这时他站起脱下西装褛，搭在扶手上，问她厕所在哪儿，她忍笑引他到里面去，又回到厅里。目光游移间瞥见地上一张白名片，约是熊应生的西装褛没搭好，口袋朝下，滑下来的。她拾起来，上面写着熊柏年三字，她觉得耳熟，再念一遍，思索片刻，才记起是爽然绸缎庄的大股东。熊应生大概和他有什么关系，本来嘛，东北姓熊的人原就少，她怎么早没留意到。熊应生不是说有一个叔叔吗，这人可能就是他叔叔，也可能是他堂哥哥。这虽然也算是一项发现，但她除了感到巧合外，并无其他感觉，重新把名片放回西装袋里去。

他出来，西装袋里掏出手绢儿揩汗。她问他道："你堂哥哥叫什么名字？"

"熊广生。"

"堂弟弟呢？"

"熊顺生……我们这一辈，男孩子排生字，女孩子排丽字。"

"哦！"那么熊柏年该是他叔叔，她想。

宁静虽然被熊应生说动了，但单是过渡的罢了，看见爽然又极想与他在一起，极舍不得这种欲仙欲死的日子，纵使这种日子往往都不长久。

转眼过了一个月。一天晚上爽然刚走，宁静回至房中解衣就寝。仲夏天气，她多半睡在窗台下凉快，月光潋滟，睡得特别香甜。她还没睡踏实，门上猛地一阵骤响，她微骇一跳，伸头往外望望，是沈阳来的家里人。她换衣之际，永庆嫂让那人进来了。

看见宁静，那人道："小姐，老爷下午入医大了。"

"什么病？"永庆嫂问。

"说是胃出血。"

事情太突如其来，宁静脑里一团紊乱，只管站着发怔，还是永庆嫂说："小姐，我看你得去一趟。"

她点点头。

永庆嫂道："我替你理一理行李去。"

宁静突然想起什么道："不，我自己来，你替我雇辆三轮车。"然后她转向那报讯人道："待会儿你先拿我的行李到火车站等我，我随后就来。”说完各自忙去了。

她胡乱叠两件衣裳，又临时找出那半阕词放好了。

三轮车在夜街上奔驰，她靠着座背凝神听着轮声，以及擦过轮轴的风声，觉得长路漫漫，十分孤独。她自从去年爽然生日到过他家，便没再去。此刻这般夜了，敲人门扉，自不免心怯。但她得跟爽然说一声。

是林太太应的门，看样子仍未睡，笑意掩不住眼里的狐疑，迎她进去道：“你是找爽然吧，我去瞧瞧他睡了没，你请坐。”她开了厅里的电灯进去了。

宁静椅子没坐暖，林太太便端出茶来，爽然尾随她身后。宁静经过刚才那一场人忙马乱，如今坐定了，又见到爽然，禁不住鼻子一酸，眼里涌了泪。林太太搁下茶匆匆回身走了。爽然控低身子问宁静什么事，她哭着告诉他。他替她抹擦抹擦眼泪，拍拍她背脊，嘴里重复着：“没事儿，没事儿。”宁静止泪了，他一溜烟跑进去，又一溜烟跑出来，道：“咱们走吧，我陪你到沈阳去。”

这简直比父亲入院的消息更突然，她还没来得及整理表情，他已经拉她出去了，经过院子时，有蟋蟀叫，分不清是哪个方向的，他笑道：“等你回来，我和你斗蟋蟀。”

到得医大，因为是半夜三更，走廊间灯光白白的没什么人，脚步声回音隐隐，胀空而急促。赵云涛的病房却是漆黑一片，引路的护士给他们开了灯，赵云涛歪着头半张着嘴睡着了，脸色黄得发黑，像一张年代久远的旧报纸；小桌上一只空着的玻璃杯，床边一张空着的木椅子。这情形给宁静一种受骗的感觉，她路上还使劲问爽然胃出血会不会死的，虽然他肯定地告诉她不会，她仍驱除不掉满心忧虑。胃出血啊，可不是闹着玩的。她期待的是一种紧张、悽惨的气氛，然而，房里简直安详得可怖，玉芝不在，小善不在，没有一个陪侍的人；而她老远的夤夜赶来，迎接她的是这样的儿戏，儿戏到啼笑皆非的程度。

她伏在他怀里哭起来，他以为她是担心父亲的病，一味拍她哄她，扶她坐下，又到外面给她张罗一张行军床，让她躺下。一天奔波忧戚使她累到极点，爽然跟她说要回抚顺去，叫她替他问候赵云涛，她也只矇矇眬眬地点个头，睡了。

第二天早晨情形大不相同，房里挤满了人，仿佛昨晚那个空空的恐怖的房子不过是一场梦。她起来的时候，唐玉芝赵言善江妈和二黑子都来了。

唐玉芝道："我瞧你睡得香，便没叫醒你，睡得好吧！"

"多早晚到的？"赵云涛问。

宁静揉揉眼睛道："大估景三四点吧，是表哥送我来的。"

"他走了？"

"嗳！"

江妈给她弄来一盆洗脸水，她洗着脸问赵云涛："爸，你没啥事儿吧？"

玉芝代答道:"昨儿止了血,熊大夫说没什么大病,多住些日子,小心调养就是了,你也是的,夜儿个咋不回家睡?"

"我以后都在这儿睡。"宁静绞着洗脸巾道。

接着来了两个平日赵云涛结伴上西门帘儿的朋友,谈话便打断了。

宁静对赵云涛始终有点内疚的心情,她想要是她早回家来,他的病或许不至如此严重,于是他住院期间对他格外顺从周到。

爽然陪他父亲来过一次,他自己来了两次,可是玉芝老和熊大夫一递一唱地奚落他,他便不大来了。宁静为此对熊应生大大地反感,但他是父亲的负责大夫,又是赵家的朋友,不好表现得太决绝。每逢他有事无事地来绕一圈儿,她亦笑吟吟地应酬,完全是基于得饶人处且饶人的原则。

她回家把她和爽然初相识时他送她的团扇拿来,在炎炎懒懒的下午一扇一扇,依稀嗅到牡丹香,岁月去了,只留暗香一度。晚上她伏窗远眺,星月熠熠,下面园子草丛里有萤火虫点点流光,她下去握着团扇扑一阵没扑着,蹲在地上哭起来,心里唤着爽然,她知道多唤几次,夜里会梦到他的。

熊应生下班了总在房里耽着,每每邀她下小馆子,她待拒绝,赵云涛唐玉芝一旁掺和,只得去了。一席全他讲话,间或一阵干笑,她半注心神地听,两眼望着他的一头发油、一脸肥油,只觉无趣。但因为她经常是笑着的,他每次都感到颇畅快,他们之间亦颇有进展。

这样过了十天，宁静几次向赵云涛提出他回家调养，他说要打针吃药，不妨再住些时日。渐渐地，人来得少了，唐玉芝照旧打牌，许多朋友都不"顺道"了。

这天，熊应生休假，坐着和宁静谈天，屡屡欲言又止，正要坦告的当儿，赵云涛起来去解手，便打住了。等他回来，熊大夫磨着膝头道："小静，我想请你到我家里去。"

她甩甩辫子道："干啥？"

"吃顿便饭，聊聊。"

"为啥？"

赵云涛干涉道："小静，你就去呗，熊大夫一番好意，你磨磨唧唧个啥呀！"

"那你呢？"

"我理会得，你去玩玩吧！"

熊应生家在和平区，距离医大极近，是沈阳的高尚住宅区，泰半日式房子，格式和赵云涛在抚顺东九条的房子差不多，但熊应生那座是复式的。

一进门，楼上的半导体纸醉金迷地唱着："夜上海，你是个不夜城，华灯起，车声响，歌舞升平……"熊应生跑到楼梯口往上嚷："顺生，把音量捻小一点儿。"楼上的人往下嚷："应哥，你回来了，是不是赵小姐来了？"熊应生嘿笑一声，且不答他，领宁静进客室去。半导体音量较小了，仍可模糊地听到："……酒不醉人人自醉，胡天胡地蹉跎了青春，晓色朦胧倦眼惺忪……"半导体闭了，楼梯上一阵鞋声杂沓，客室里进来一个二十多岁的大男孩子，向宁静欠一欠身。跟着熊柏年夫妇都出来了，一家子都是方正脸，像进来了几张麻将牌。宁静觉得被包围似的，睊睊地横熊应生一眼，想起爽然和她的知心，不禁心中悲凉。

熊家挂着笑脸围坐着，熊柏年夫妇眼珠碌碌的仔细打量她。熊柏年问她一句什么话，掺着浓浓的客家音，她又没专心，一下子溜过去了。熊应生替她翻译道："我叔叔问你跟我认识多久了。"

她道："还不太久，记不得了。"

熊应生顶顶眼镜窘笑道："我倒觉得已经很久了似的。"

她撇撇嘴道："你觉得罢了。"

他不安地望望她。

熊柏年又问她赵云涛有没有做买卖，她这回听懂了，答了。熊应生向她道："我叔叔是年纪比较大才到这儿来，口音改不了。你又不会说上海话，他年轻时候在上海念大学，上海话讲得不赖。"她正在纳闷爽然怎么和这熊老板谈事情的，这就是了，爽然亦是懂得上海话的。

众人又随便聊一会儿，熊太太道："你们玩吧，我到里边儿看看厨房准备得怎么样了。"她这一起头，其他的亦借故出去了。熊顺生临行和熊应生咬一句耳根子，应生捶他堂弟弟一记道："去你的。"熊顺生又向她道："赵小姐你随便坐。"应生随他出去打一转儿又回来。

他踌躇不宁地搓搓手，舔舔唇，踱踱步，最后顶顶眼镜道："小静，我以前不是向你提过我母亲明年会来吗？"

她猜到三分，重施故伎地打岔儿："你不是还有一个堂妹妹吗？为啥不见呢？"

他皱眉觑觑她："她在上海念书，我不是跟你讲过吗？"

"是吗？"他的确跟她提过，只是她一时情急忘了。她想要是他堂妹妹在，她可以进他堂妹妹房里瞎扯一气，避开他。

他搓搓手又重新开始："我不是向你提过我母亲要来的事儿吗？"

"是呀！"她挑挑下巴，勇对现实。

应生垂眼继续道："是这样子，我收到母亲的信，说她不到东北来了，想在北平上海杭州这几个地方玩玩。我希望先和你结婚，然后一块儿去，算是度蜜月。"他一口气说完，抬眼注视她。

她低着头，急捻着辫子，好半天才想出一句常用话来："我觉得我们还不够了解。"

过了半晌，才听得他道："不见得吧，我觉得近来咱们的感情增进了不少，互相也了解了。跟你在一起，我感到非常快乐，我希望你能做我的妻子。"

"我……我觉得我还不太认识你呢！"他这时是侧对着她的，

她望望他，他发根上和鼻洼子里的油腻在日光下畏缩地闪着，她忽觉不忍，道，"过些日子再说吧！"

这里的时辰过了，有人大声嚷道："喂，吃饭啰，帮手摆筷子。"

当晚，应生来到堂弟顺生房中。顺生正歪在床上抓纸牌，看见应生的阴天脸，嬉笑道："碰钉子了？"

应生闷声不响地坐下，顺生又道："没指望了？"

"不见得，她说再过些日子的。"

顺生道："嘿，我以为你特地叫我回来看谁呢，这个赵小姐我见过。"

"见过？"

"她到旗胜去过，做什么去了？"顺生捂着脸想了一想，道，"忘了，和陈小姐在门口讲两句话儿。"

"她常去找那姓林的？"应生询道。

"没有，那陈小姐常来倒是真的。"

"他未婚妻嘛！"应生道。

"那赵小姐长得不怎么带劲，单薄相。"

应生交着手把椅子蹬得一挫一挫往后仰，问道："旗胜最近生意还过得去吧？"

"马马虎虎。"顺生撂下纸牌，掏出一支烟卷燃了，道，"我他妈的对绸缎买卖压根儿提不起劲儿。"

应生笑道："那时候你说对中药提不起劲儿，现在又说对绸缎提不起劲儿，我看是窑子里的窑姐儿你最来劲儿。"

顺生站起来道："你别净挖苦我。这年头儿，哪儿是做买卖的！只是那姓林的小子瞎起劲。"

"攒钱讨个屋里的呗。"

顺生来回踱两步，拍拍应生肩头，道："应哥，我最近钱不凑手，可不可以挪两个钱儿我用用？"

"啧，你有完没完？你当我是财神爷。"

"哎呀，我不央咯你央咯谁呀，咱们都是姓熊的不是？"

应生怒视烟幕后的顺生道："每回挪给你都是瓢底写账，这样给法儿，连我也得拉饥荒。"

顺生赖着脸道："最后一遭儿嘛，下回……"

"咋地？"

"不找你。"

"啐，我劝你还是少推点儿牌九吧，不然——"

"外公死儿——没舅（救）。"

应生苦笑道："好吧，跟我到房里拿。"

一个大晴天，宁静在父亲病房中凭窗闲观园里纳凉的病人，左手轻摇团扇。远远的走来一个穿浅蓝上衣宝蓝裤的年轻人，刷白的回力球鞋如蝴蝶翩翩。她心里一震，以为是爽然，马上又否定自己，敢情是想他想昏了头了。那人走近，再定睛细看，真的谁道不是呢。只见他眯睎着眼望上来，朝她挥挥手。她第一次这样居高临下地看他，中间隔着一个天涯的阳光轻风和情怀，教人兴奋欲泪。她向他招招手，扭头看看正在假寐的赵云涛，蹑着脚尖儿急速地出去了。

她阳光下跑到他面前，眼波笑浪溅得他一头一脸。他走过一段路，脸红红的，笑着从裤袋里摸出两张票子道："看电影去？"

她点头说好，和他并着走，向他道："老久不来找我。"

他不接她话，问道："你爸爸还得住多久医院？"

"他呀，他现在根本是赖着不走。"

"为啥？"

"谁知道。"她带了扇出来，给他扇扇，又给自己扇扇道，"看什么电影？"

"严俊王丹凤的。"他倒倒眉道，"知道了吧？"

她神色一黯，但仍然笑道："青青河边草。"她给自己扇扇子，又给他扇扇，扇得不好，打着他的鬓颊，"噗"一声，两人都笑了。

光路电影院出来，爽然请她吃冰淇淋，吃完都还不想往回走，随处逛逛，竟不觉到了小河沿。他们初相识时常到这儿蹓跶，如今重来，心里都有点难喻之感。爽然刚才在街边儿给她买了一只蝈蝈儿，因在一个高粱秆编的小笼里，此刻"哥哥"鸣着，鸣得夏日益长。

她忽道："你瞧，我们今天的衣服一样颜色。"音调非常高，好像她现在才发现，觉得奇怪，不太可能。他诧笑着瞅瞅她的浅蓝竹布旗袍，顺便瞅瞅她，笑得白牙都要响。

她把笼让一条嫩枝穿吊着，自己挨着树干，转着扇柄悠悠唱起来："青青河边草，相逢恨不早，梦里长相聚，觉来隔远道。青青河边草，春去秋来颜色老，欢爱需及时，花无百日好……"

他们这时是在堤岸，爽然聆听她唱，垂首如柳，痴痴望着水里他的倒影，她的倒影，漫漫漶漶，却没有歌声的倒影，歌声上云霄去了。他扭头问她："那么快就学会了？"

她没告诉他电影她已先和熊应生看过一次了，只说："哎，尔珍和周蔷都说我记性强，存心记，没有记不了的。"她轻笑两声又说："不过我也只记得两段。"

一股风过，他松大的衬衫鼓得饱饱的，是一面顺风帆。她意兴洋溢，想他嗓音带磁性，唱歌理当好听，便笑道："你唱歌给我听。"

他讪笑着摇头："我哪里能唱。"

她央道："你一定能唱，来，唱嘛，你能的……"便磨他小豆腐。

爽然闷着头使劲摇，一味地讪笑，脸都红了。她不断撼他的胳膊，嚷着央着，他拿她没法儿，惟有就范道："好，好，我不会那曲子，你先唱。"

她便唱道："青青河边草，相逢恨不早……"再看爽然，他又腰笑吟吟的并没意思开嗓子。她缠着他又一番威逼利诱，他拗不过她，终于唱了，颤巍巍地比着她唱："青青河边草，相逢恨不早，梦里长相聚，觉来隔远道。"居然相当动听，但只唱了四句便不肯了。宁静发了一会儿愣，立誓他那歌声，她每夜必携到梦里去。

回程的时候，天色暗了，蝈蝈儿不叫了。他们谈起熊应生。宁静道："说实在的，当初你有没有认出熊大夫来？"

爽然笑道："没有，真的没有，后来才知道的，他现在一本正经多了，以前也没戴眼镜。"

"你好像不大稀罕他。"

爽然右手使劲儿拔着左手中指，道："懒得打交道。"

"场面上总得敷衍敷衍，至少给他留点余地。"

爽然翻眼掠掠她，觉得很不受用，不假思索地道："你向着他干啥？心疼了？"一出口他马上觉察语气过重，但宁静已经拧头疾步走了。

他撵上去搭讪着又说："我小时候和熊应生关系就不对眼儿，和他堂哥哥广生倒不错，在上海的时候也和他有来往。"他接着追溯许多小时候和熊应生他们玩的事儿，都是打架的多，尤其和熊应生熊顺生，玩过多少次就打过多少次。爽然长得最大块头，准赢，骑在应生身上揍他，往往领子一紧，让林太太拉回去挨笤帚疙瘩儿。他当然也输过，输得一败涂地。有一阵子他病了，林太太每天给他熬药，应生顺生三番四次偷进林家厨房把药换上浓茶，爽然喝了，怕母亲知道，不动声色。

待林太太发觉，他已经躺了二十多天。林太太到熊家理论，两个肇事的结结实实挨了一顿揍。那时爽然养有一只小狼狗，特别仇视应生，见了他总吠个不止。一回应生惹了它，它狂性大发追噬他，爽然撵了几条街才撵上了，应生已经吓得屁滚尿流，裤子又湿又臭。当天晚上，应生就放了一把火，把那条狗活活烧死了。自此，爽然便和应生绝了交，连带广生顺生也疏远了。

爽然讲着，一面觉得非常无稽地笑笑，跟着摇摇头，真是什么都过去了。

这厢熊应生来到赵云涛房中，不见宁静，问赵云涛，他说不知什么时候溜了的。应生等了约一顿饭时间，十分无聊，趴在窗台上发呆。就那样，他看见爽然和宁静双双回来，爽然直送到楼下，回力球鞋逼人而来。应生不期然一股怒气往上冲。

又是这姓林的。怪不得宁静不肯答应嫁他，怪不得她冷落他疏远他，原来全是为了这姓林的。想起来真恨，迟林爽然一步才认识宁静，要不然怎都不会输。宁静也真糊涂，怎么偏偏看上这小子。这个人，自小儿就不是好东西，小时候把他糟践得够呛，一开始假装不认识他，再后来视他如无物，现在眼看他的大好计划又要黄了。总之什么都得咬尖儿。应生再望望下面，爽然正独自离去，浓暮中只见一袭白衫，一双白鞋，鬼魅般地消失。

次日中午，应生在赵云涛房中，宁静让她爸爸打发去买水果点心去了。爽然在园子里伫立良久都看不到宁静到窗边，晒得头晕目眩的，便上去找她。

敲了门，里边道："进来。"爽然辨出是应生，生了退意，但宁静或在房里也未可知，只得推门而入，扫视一下，宁静不在。但他还是不自觉地问一声："小静不在？"

应生笑道："她买东西去了。你等一会儿吧！"

"不了，我到外面划拉去。"

应生留道："林先生既然来了，何不坐坐？"

爽然想昨天几乎和宁静为熊应生口角，然而宁静又叫他不要太绝，矛盾之际他已把门闭了。

爽然告坐道："您老什么时候出院？"

赵云涛道："过个四五天儿就出院了。"

"那好极了，其实您老早该出院了，住在医院到底不方便。"

爽然这话本来极普通，应生听着却感刺耳，立即解释道："林先生大概不清楚，赵老伯住那么久，是让医院有一个时期的观察，看看病情会不会有转变。我们是不会平白无故胡乱要求病人长住的。"

爽然让他这样一误解，先就三分不乐意,忖量着过几分钟便走。

应生又问："你近来工作忙吧？"

爽然反击道："当然比谁都忙。"

应生扶扶眼镜，似打趣非打趣地道："你什么时候把陈小姐娶过门来？女孩子耐性可不太强。"

"有心了，我暂时还没这打算。"

应生热心地道："依我说，还是趁早的好。现在通货膨胀，迟了恐怕要娶不起。"

爽然原想说"怕我向你挪？"但还是咽一口口水吞下了。

应生道："你怎么不多带陈小姐来沈阳走走？我也十多年没见她了。"

爽然发觉他愈来愈言语乏味，面目可憎，便道："那还要看陈小姐愿不愿意，我不像有的人死乞白赖的不知道害臊。"

应生这下子脸都红了，爽然笑一笑，向赵云涛道了再见，自顾自走了。

应生当天久久不能自释，不光是爽然的冷嘲热讽，而是他明摆着无意娶陈素云。其实治他还不容易，只要叔叔撤股……应生想着，连自己都唬了一跳。

回到家里，熊太太用嘴呶呶客厅悄声与他道："两父子怄气了，你劝劝去。"

"为啥呀？"

"顺生要跟你叔叔借钱，你叔叔不答应，就吵起来了。"

应生来到客厅，还未开腔，熊柏年已寒着脸道："你去告诉顺生那挨刀的，要是债主把他送到官府去，叫他别认作是我儿子。"

应生看叔叔在气头上，不好劝，便先上楼找顺生。顺生床上和衣朝里侧卧着，应生松松领带，问道："你到底欠了多少钱？"

"三千大洋。"顺生姿势没变，声音撞墙反弹弱了许多。

"唉，那也难怪叔叔生气。"应生道，"欠谁欠那么多？"

床上一大段的沉默。然后顺生道："旗胜过两天开年会。"

"嗯。"

"这几天那姓林的一个劲儿跟我要账本儿看。"

"你给他不就得了？"

"那三千块大洋，是我亏空的。"

应生到桌子边倒了杯开水，一口气喝了大半杯。

顺生又道："我有法子对付我爸，是那姓林的小子弹弄不起。"

应生道："他能把你怎样，顶多跑到叔叔跟前告一状。"

顺生一骨碌坐起道："他能那么轻易罢手吗？那小子跟茅坑里的石头似的，又臭又硬，不见得买我爸的账。万一他在年会上一咋呼，事情可就闹大了。"

应生点头道："那小子挺隔路的，谁也不放在眼里。"

"可不是。"

应生向他要了一支大前门，擦一根火柴点了，吸一口道："要不是有叔叔给他仗腰子，他哪能坐上旗胜这把椅子。"

这一下搔着了顺生的痒处，他忙道："应哥，你这话可说到点子上了。就凭他那点儿能耐，他行吗？哼，这会儿倒土地爷放屁——神气起来了。当初说好账归我管，可他隔三差五这个那个地找碴儿，摆明抓我小辫子，真他妈的！"他盯着应生不纯熟的夹烟手势，想他平日是绝少吸烟的，不知怎么今天瘾头来了。

应生道："那陈素云和小静不知看上他哪一点，挺抬举他的。"

他记得爽然和素云的订婚酒宴，熊家也赴宴去了。酒席上了一半爽然溜了，第二天在一口枯井里搜着他，林宏烈气得把他吊起来打，差点儿没打成残废。

顺生皱着眉头道："甭谈了，越谈越来气儿，还是赶紧想法儿补娄子吧。"

应生随地弹弹烟灰，吸一口道："你看能不能撺掇叔叔早点儿撤股？"

"唉，就算行，那也是年会以后的事儿。何况你又不是不知道，爸爸准备为旗胜在东北多待一年，不然俺们可以和大娘一道走。"

熊柏年的计划应生也很清楚。因为时局不稳，经济萧条，东北一带又闹土匪，他们住在这种地方，族里人都不放心。熊柏年有意先把资金调动到上海，然后再设法弄到香港或印尼去，另谋发展。

他目今正在张罗结束中药行，事情解决了再到上海料理另一间中药行。然而，绸缎庄那儿，如果他年会上便要求退出，爽然匆匆间必不能觅着另一个理想的合作股东；熊柏年占的是大股，如此一来，旗胜非垮不可。于是他筹策着在年会上先通知爽然他的动向，让爽然有一年时间处理，找好合作股东，熊柏年再退出。至于应生，明年夏天会随他母亲先离开中国。

应生揿灭了烟，脱下眼镜捏捏眉心，顺生瞧瞧他，他今天动作异常多。应生褪了眼镜，有如褪了他的防护罩，一双眼睛在白日青天下，无一点招架之力。但他马上又架上了。

顺生抱怨道："投资投资，经济好俺们投资，现在景气这样差，岂不是灶坑挖井白费劲儿。"

应生向他再要一支大前门道："旗胜要是能熬过这两年，说不定苦尽甘来呢。"他点了烟挨着椅背摇起腿来。

"你看能不能把亏空的事栽到那小子头上？"顺生问道。

应生摇摇头道："怎么栽？没凭没据的。"

顺生急得在房里团团转，沉吟道："要个快刀斩乱麻——干净利索的……"他愈急愈毫无头绪，恼得跌坐下来，一巴掌拍在膝盖上道："妈拉巴子，真恨不得一把火把它烧了。"

应生手一抖，一大截子烟灰落到他衣上，他腾出手来掸掸，吸一口烟慢慢地道："没错，烧了。"

"烧了？"顺生睁大眼望着他，整个脸烟雾弥漫，他大口吸进大口喷出，烟雾永远散不尽。

应生烟雾里凝视着顺生，重重地道："一把火，啥证据都没了，干净利索。"为怕顺生动摇，他强调道："我这是替你想法子，我可一点儿没捞梢儿。你这娄子捅得不小，不开狠方儿断不了根儿。"

"这是犯法的呀！"顺生久久始挤出一句话来。

应生干笑道："就当是哪个二愣子店伙儿把烟屁股乱扔。那不叫犯法，那叫悖运。"

"万一事情办岔了，咱们可吃不了兜着走。"

应生不耐道:"得,你要是怕担责任,我也帮不上忙,这事儿咱就拉倒,当没提过。"说罢作势离去。

顺生一横身拦住他道:"行,干就干!"

他们的计划,是行动那天,应生到旗胜假装有急事找顺生,两人一道离开,临行顺生留话要爽然晚上关店门。顺生认识不少流氓地痞,给两个钱儿就肯卖命。当晚就买通一个,抓个机会从后门溜进去,在旗胜纵火,先打账房烧起。顺生因怕火势一大,不可收拾,会株连毗邻的商店,反而引人注意,弄巧成拙,便提议纵火人亦作救火人,看里面烧得差不多了,便高声喊救火。顺生平日在店里睡,毫无事故;如今爽然虽不过夜,但既是他关的店门,粗心大意的罪名,他起码得背一半。

应生午夜才打顺生房里出来,抖抖的把剩下的一截烟吸完,扔到地上,踩熄了,吹着口哨回房去。

宁静的蝈蝈儿,夕嘬昼鸣。赵云涛数落她好几次了,养着这么一只劳什子,吵得要命。宁静不理会,照样喊江妈带黄瓜心来喂它。

赵云涛出院的前两天,乌云飐飐,倚窗往外眺望,沈阳市的天矮了一大截儿,房顶上是瘫痪的云肢,软趴趴的。

宁静在房中消消停停,只觉百无聊赖,戚戚愍愍。爽然好几天没来找她了,又是这样的天气。赵云涛叫她关窗户,她也没听见,早早爬上床蒙头睡了。

半夜果然雷电大作，横风暴雨，一声大霹雳，宁静梦里乍醒，拥被坐起，一室的白电光，仿佛这房间在眨眼，眼一睁就大放光明。轰隆的雷声迢递传来，一阵响似一阵，炸桥似的。宁静发觉窗下积了一大泓水，再望望窗户，原来没有关，忙不迭地涉水去关了。她轻"哟"一声，拿起白天搁在窗台上的蝈蝈儿和宫团扇。蝈蝈儿已经死了，宫团扇也湿了个透，落得红黄牡丹一场僝僽瘦损。宁静心里大为惋惜，想他日干了也难有昔日风采。

外面的街灯在雨里发酵发胀，隔着潇潇飒飒望过去，仿佛隔着重重的珠箔绣帘，不过都是帘卷西风罢了。她直直地呆望了半晌，循着灯柱望下去，光浸浸的一圈地面印着条人影，她揉揉眼，以为看错了，趴在窗玻璃上再看，隔着玻璃上的雨痕根本无法看清。她手忙脚乱地开了窗，一颗心只是卜通卜通跳，狂风狂雨鞭得头脸麻麻的，她探出身子细瞧，真的是爽然，吃了好大一惊。他的怪行径，她是习以为常的，但也没试过怪诞到这种地步，幸而她是和衣睡的，此时不用再换，便嘀咕着提把锈红伞下去了。

远远地迎向他，悠忽忽如梦相似；她隐隐地有些心怯。万一看错了呢，但不大可能的。她最记得很久以前的一个晚上，他用自行车载她，风中月中都是他的气味。她现在也是这般感觉。可是因为这样，她反而有点近亲情怯了。

爽然看着她轻倩走近，一手撑伞，大风吹得她垂在脑后的辫子时时在腰间探出来。他心一疼，架不住一颗泪滚了下来。恍惚间，宁静是看到了，但以为是雨珠。那时他淋得落汤鸡似的，衬衫的原色也看不出了。

他怔怔地望她一眼，机械地接过伞撑着。她就着光向他脸上端详一下道："没睡好？怎么窟窿眼儿了？"

他不答她，不知是风雨声太大，他听不见，还是他不愿意答。

她嘟哝着又道："这么大个人，也不知道带把伞，想得肺炎过过瘾是不是？"

他高，雨伞遮不着她，斜雨打得她遍身湿了，她轻笑着解嘲道："这么大的雨，撑伞也不济事。"但他还是撑下去。下雨就得撑伞，他兀自机械地撑着。

她没穿鞋子，更是娇小，仰着头看看他。他直瞪瞪地望着前方，喉骨动辄吃力地起落着，雨水从发梢滴落，顺着脖子流，那样木无表情，但和她那样近，仿佛他只是一棵树，而她是树上寄生的藤萝。

她念叨着说："我爸爸后天出院了。"她瞟瞟他，他仍旧没反应。

她又说："爸爸说你找过我，我没在。说你……说你说话儿贼冲，熊大夫也没咋地，你倒说人家死乞白赖的。"

他默默地晒她一眼，她觉得很惊心动魄。这样的夜里，她只渴望时光在伞下永远停留，又明知什么都留不住，那种感觉，简直是撕心的痛楚和无奈。

黑地里遍地水沟子，她一双光脚丫肆无忌惮地乱踩，溅起串串水珠子。反正两人都水淋淋的，不在乎多沾一些水。

他们无目的地乱走一通，宁静环视一下，不知道身在何方，到处是密密风雨，没有一丝人气。她模模糊糊地觉得他们根本亦不存在，他们亦化成了风风雨雨。她怕起来，竭力要找话说："爸爸出院了，你说我用不用留在家里陪他一段日子？"

他兀自低头走着。

风赶着雨编编织织，他们也被织进这夜晚的锦绣中。她有点发抖，大声道："熊大夫向我求婚，已经好几次了。"

爽然仍然不吱声，她慌张地望望他。原来他只是一个木头人，枉她还以为她与他有多亲。她拽拽他的袖子哭声道："我有点怕，你有没有听见，我怕，你快送我回去。"

他腾出手来拍拍她的肩膀，她冒火了，使蛮力一甩把他甩开，站在那儿瞪着他。他总是那样子，有什么不开心的事，就郁郁地闷着头自顾自走，不告诉她，也不搭理她。

他握住她的手腕试图拉她回来，她拼命往回挣，他紧箍着不放，她急了，咬牙用尽气力推他，他脚下一个不稳摔倒了，"啪哒"一声溅起许多水花，雨伞骨碌碌让风刮走了。她吓得哭起来，完全不知道是怎么回事儿，离了他跑回去了。赵云涛出院那天，宁静还觉得那个风雨夜所发生的事只是一场梦。她至今完全不明白那是怎么回事，更不能理解自己怎么会发那么大的脾气。他得罪她了吗？没有。调理她了吗？也没有。她只记得她推他一下子，他掼倒了，弄得满身泥水。那晚上的事儿，她只想完全忘记。

当天她就到抚顺去了。赵云涛没有阻拦，要拦也拦不住。她下了火车便直抵欢乐园。的确是欢乐园，叫旗胜绸缎庄的，可是她来回走了两趟都找不着。她没有看横匾的习惯，这时也只得抬头看看，果然是那片贴了封条子的店。她一直也约莫觉得是，但因为不大相信，希望自己是记错了。那片店，门板烧毁了一部分。她打烧了的地方窥进去，里面焦黑焦黑的，烧了，全都烧了，她还领悟不出什么来，愣愣地看了好半天。真的全都烧了，只有一些烧剩的布角，漏出点糊旧的红色。她摸摸那完好的门板，仿佛昨天才来找过他，里面还是花花绿绿的苏杭绸缎。

紧邻的两家店铺也被殃及了，但影响不大。宁静到其中一家打听，才知道是前几天晚上的事。店里失火，救得快，不然不堪设想。她再问详细，拈指一算，正是爽然找她的前一天晚上，那么……她心惶意乱起来，马上雇车到河北爽然家。

竟是素云应的门。宁静劈面就问："爽……表哥呢？"

"和林老伯到沈阳去了。"

"去沈阳干啥？"宁静紧接着问。

素云往里让道："到里边儿再讲。"

她给宁静沏一杯茶。两人厅里安坐了。

宁静问道："伯母呢？"

"身上不自在，躺着。"

素云接着道："旗胜失火了，你知道？"

宁静道："才去过。"

"爽然没告诉你吗？"

宁静摇摇头。

"失火的第二天不见了他，俺们都以为是找你去了。"

宁静潸潸流下泪来，又忙不迭地拭掉。

素云红了眼眶娓娓地说："有人跑来告诉的，爽然赶到的时候，已经烧得差不多了。他一直很有信心把旗胜搞好，攒点钱结婚，他说要他的妻子过得舒舒服服的，一点儿苦都不能让她受。"宁静想问是和谁结婚，但还是决定不问。素云说这话的时候，脸上有一种光亮的虔诚的神情，那么想必是她了。

"……他伤心极了，不吃，也不睡，从早到黑地发愣。第二天他不知哪儿去了，回来就病，那个样儿骇人极了，我还揣摸他会死呢。他是最讨厌吃药的，把伯母熬的药全砸了。老伯气得揪他起来给他两嘴巴子，逼着他到熊老板那儿交代。唉！我也不知道他是病好了没有。他自小就要强，一个不如意，连命都可以赔了去。真叫人操心……"

宁静捧着茶杯，盘得它团团转。她不知怎么觉得很难过。她知道的爽然，和素云口中的爽然，竟不是同一个人。她仿佛在听着素云讲另外一个人，一个她不认识与她无干的人。素云继续着她的述说，在宁静听来，声音越来越远，关于一个寻常家庭清官难判的事儿。

宁静一路旁若无人地哭着回家，到家了又倒在床上大哭。她和爽然，辗转一场，竟连知心都不是。他是绸缎庄老板……绸缎庄老板……她再三地想，异常拂逆。爽然是怎么都和老板没关系的。然而他就那么看重一片绸缎庄吗？为了它不餐不寝的，那么看重它。她畏惧起来，努力回忆她和他在一起时是讲什么的，可是她一点都想不起来。他的样子呢，他的奔儿楼，大概挺饱满的吧；眉毛呢，记不得了，眼睛小倒是真的；他的鼻子尖尖的，鼻翼薄，因而鼻孔显得大；嘴唇呢，好像也挺薄，怪俏皮的；下颏儿则是尖挑挑的；还有颧骨，险峻高峭的；鬓发低低的，那儿一颗黑痣，她亲手挠过的。还好，她还记得大半，可是这一来，她觉察他也是薄相人，不由得又担心起来。还有什么她是知道的？她一直忘了问他有没有念过大学，不知怎么一直没想起来问。还有他小时候念书成绩怎么样，他有没有在外面工作过……她从来没有像此刻这样觉得这些事儿的重要性。

为什么他们以前不曾谈起过？他们究竟谈些什么的呀！从始至终，她都那么满足于只知道他爱吃煎饼果子、稻香村的炉果、老边饺子馆的饺子、李连贵大饼铺的大饼、香瓜、葡萄；爱听风雨声、恶听蝉鸣声；爱看电影京戏……就只这些了。她无法想象他发脾气的样子，无法想象他也会砸东西。可能在她面前，他总带几分仙气，教她也飘飘若仙的，不问世事。但也不，一定是他瘦，仙风道骨的，给她错觉。她几乎歇斯底里地乱想一气，愈想愈恐惧，捣心捣肺的不甘。那样费尽心情，摧尽肝肠，到头来她是除了他叫林爽然外就他的一切都不知道的。

当天晚上，她就回沈阳去了。

她变得非常懒，老窝在床上想心事。吃不想吃，睡也睡不着，往年这时节总把母亲的书搬出来晒，现在也没有了。只有熊应生来了，她会出来聊一聊，笑一笑。他休假便两人结伴去看一场电影吃一顿馆子什么的。旁人冷眼看着，都觉得他们挺般配的，相处得也融洽，就等谈论婚嫁了。

应生重提婚事，宁静考虑一下：也好，不用爽然再为她为难。但她没有赌尽，留了后路，提议先订婚。应生答应了，便择了吉日在饭馆请几桌席。赵云涛本要请林家，然而宁静坚决反对，只得作罢。应生送她一只刻双喜足金戒指，即席给她戴上。她牢牢地瞅着它，竟不大信，差点儿没把它当场拔下来。她送他的也是足金戒指，戒指面无雕无琢，空白一片。

她朗日下走走，会驻足就着太阳欣赏指上的戒指，金扎扎的搣人眸子。那喜气洋洋的两个喜字，教她安心许多。

再见爽然，已经过了白露日。是爽然来找她。宁静订婚了，下人款待他的目光自是另一种，但他一点都不觉得，他沉醉在炽烈的期望的心情中。他什么都想好了，旗胜没有了，他仍然可以和宁静结婚，然后到上海。他舅舅家的绸缎生意需要他帮忙。当日回东北,他舅舅还因为他没能留下帮忙而深表遗憾。旗胜被烧毁,使他灰心绝望了好一阵子,如今想来真是不必要。

宁静看见他无事人般地笑着,也不知是什么滋味,只是紧张地坐在她戴了戒指的右手上。他始终讪讪的,望着她憨笑,白牙昭昭。宁静打量他道:"怎么瘦成那样子?"

他抚抚脸颊,喃喃道:"是吗?不可能吧。"他惜惜抚着,疑惑起来。

她忍笑道:"那么久,哪儿去了?"

他期期艾艾的:"到……到……到杭州去了。"

对,到杭州去了,不告诉她一声。他什么都不告诉她,等做了,爱讲再跟她讲。他永远是那样子。她就那么不配和他分担!

"你有没有念过大学?"她忽然问道。

他不解地乜乜她,摇摇头。

她点点头,表示知道了。其实她真的没兴趣知道这些。问一问,完一完礼似的。

那只戒指梗痛了她,她想他终会知道的,倒不如由她告诉他。爽然正掂掇着该怎么向她开口求婚,得小心一些,他这小姑娘是最敏感又心思叵测的,他几乎对她敬畏。万一她拒绝,他可是会死的。他们互相估计了一刻钟,同时说出个"我"字,两人都笑了。爽然刚才本是一鼓作气,气一泄,没那么容易再提起来,便笑着宠宠地向她翘翘下颏儿,要她先说。她俯低头,慢慢又不得已地挪出右手，那一刹那她软弱不堪，右手的骨头都化掉了，只得靠左手把它提起来放在腿上。

黄黄的金戒指黄蜂似的叮入他眼中，他立刻什么都明白过来，简直怕她启齿，但已经来不及了，她是这样说的："我和熊大夫订婚了。"他愣望着她，完全不能领略她的神情，只盯着她小巧的嘴一翕一张，作践他的命运。她犹自幽幽地说："我想我订婚了，你就可以和陈小姐结婚了，不用老决定不了。而且……我们到底还生分。"他不敢站起来，怕站不稳；但也不敢面对她，怕会失态。只觉喉咙里一阵翻涌，快要把持不住了，终究还是走到门边，扶着门框立着。她就那么没耐性，一点都不为他等等。害他病榻上朝思暮想，夙夜筹划，都为的这一天。好在让她先说了，要是他先说，真不知怎样收场。但他永远失去了她。

他无论如何该说些祝贺的话，遂道："那我恭喜你。"语音哽哽的。

她鼻子酸得快要打喷嚏了，眼泪不能自止地猛流，幸而他背着她，看不见。她想他也是流泪了，所以头也不回，再见也不说，径直走了，走得很快，死欠着头。

她很想撵上去，告诉他她是骗他的，跟他开玩笑而已。为什么会答允熊应生的呢？当时似乎理由十分充分，现在她一项都记不得了。她想起爽然还未告诉她他那"我"字下面是想说什么的，下次记得问他。

宁静不爱想事情了，就是窝在炕上睡，愈睡愈累，头发乱乱脸青青的，一点不像订了婚的人。周蔷有空总拉她出去解闷儿，但许多宁静以前爱的现在也不爱了。世上的事物开始漠漠地待她，她也漠漠地待它们。唯有一次，她和周蔷经过一间家具店，橱窗里摆着一扇四折屏风，上面雕的元宵节，一个大白月亮，照着热闹的元宵灯市，扎冲天辫的小小孩儿你追我逐，妙龄女郎斗篷曳地，五陵少年风流自诩。宁静趴在橱窗上以手圈额看得出神，种种往日恩情一时统统涌上心头，周蔷催几次催不动，知道是哭了，忍不住把她扳过来叱道："你既是要后悔的，你当初为啥不想清楚再答应熊大夫。你选中他了，就得跟他一辈子。你这样糟尽自己，不是跟自己过不去吗？"宁静细想，也对，选定他了，就得尽心力跟他一辈子。她安静下来。

　　她和应生每个周末去玩一次，成了惯例。他走路很快，她老追不上，他又是个不屑体贴迁就的，往往两人不见了对方，通街划拉个好半天，找到了，他总怪她只顾着看热闹，不贴着他走。她喜欢的小吃零食他全不喜，专拣有名的饭馆，三口菜打发三碗白米饭。宁静必须常常提醒自己他是她选中要跟一辈子的，才可避免与他冲突。

　　她喜欢一个人走在秋天的街头上。点心铺的各色月饼都出炉了，大东门果木行的秋子梨安梨平顶梨香水梨都上市了。各种香瓜摆得满街都是，空中苍郁郁漫着叫卖"刮馕好榛子""糖炒栗子"

的声音。她看不及地看。路上秋意垫脚，各人有各人的心事。

入冬下雪，她更借口不出门了。周蕾说她都要把自己捂馊了。然而，她如今是连自己都可以尽抛弃。

如往年一样，赵家院子的檐顶栏杆栖宿着无限倦意的白雪。所有白雪都是浮云游子，从天上来，终将回到天上去。因是天阴，宁静慵懒更甚，吃过午饭后，自个儿闷闷地坐在台阶上。不知怎么想起堆雪人来。她觉得这主意不错，让她活动活动，免得委顿下去。可是惰性未除，懒得动弹，又还延挨了些时候才起身拿铁锹去。她挑了一棵槐树下开始动工。许是久无劳累，她不久便有点气喘不支，一脸汗津津的。她休憩一会儿又继续，越堆越兴头，堆出了身干的雏形。她蹲下来拢拢拍拍。这个身干她堆得极高阔，把她整个给藏起来了。她听得有人敲门。应生这时候上班，不会是他；猜是周蕾。宁静不禁笑了：这时候才来，没赶上身子，倒赶上雪人头。

江妈跑去开门，宁静停了动作，屏气埋伏，准备出其不意唬周蕾一跳。人进来了。她单着右眼往外窥觑，险些儿没把雪人震倒。只听爽然问道："你家小姐在不？"

江妈笑道："在，在，在堆雪人玩呢。"她扭头一看，并不见宁静，便朝未完成的雪人走去。

爽然的胸口像让什么压着似的，一手的冷汗。只见江妈向雪人后面咕唧一阵，一径进去了。

他盯着那地方不放，宁静终于冒出头来，像一只畏怯胆小的小白兔。他一阵心疼，喉间哽咽起来，向她微笑一笑，起步趋近。宁静此刻见着他，只想大声喊他的名字，或者大哭大叫都好，就是不要不作声。

他们隔着那堆雪，都觉得冷。他强笑道："咱们很久没见了。"他讲了这么一句话，两人都有点愕然。他替自己打圆场道："你还喜欢堆雪人？"他觉得这句更糟，她却红了脸，笑一笑，瞥瞥他脖子上的围巾，是她替他打的那条。

他笑道："我帮你把它堆完？"

她知道他已经很努力，不能再让他独撑下去，便笑说："好。"

他们默默地推着拢着，默契依然非常好。两人都有了恍惚之感，好像回到以前去了，不同的是现在怀着一种近乎绝望的眷恋。她强烈地感觉到她是错的，她始终与他最亲，所有生疏都是假的，故意错导她的，而她居然上当。这般想着，她止不住落泪，爽然拉她道："咱们进去吧。"

她让他进了自己的房间，给他倒茶，火炉里添了煤，依稀觉得是一家子。

空气一暖和，他们的情绪便没那么绷紧的。她抱枕坐在炕上，靴后跟儿蹬得炕壁冬冬响。他呷一口茶道："过两天儿我就到上海去……大概不回来了。"

她停了脚，望着他，等他讲下去，但他没有。她有许多话想问他，比如他是不是和陈素云结婚了，他为什么去上海，去上海干啥。这些她都希望他能自动告诉她，但她更知道他不会。他决定瞒她一辈子，瞒着她老，瞒着她死，哪怕他们已经如此亲。

他踱到窗前道："我到上海会帮舅舅经营他的绸缎买卖，然后……"说到这里，他发现窗上有他的名字。天冷窗内结霜，霜上可用手指写出字来。而他看见他的名字清晰玲珑地印在霜上，也是这几日天阴，未被融掉。她还是想他、怀念他的。那么，为什么呢？这问题他很久没问了。他不相信宁静像他父亲说的因为旗胜垮了，而嫌弃了他。他一直没有怪她。

宁静正奇怪他会把事情详细告诉她，他却住口了，想是中途变卦，要保留秘密。她想问他上次他的"我"字下面是说什么，不过她又怕提起那天的事，就算了。

"你什么时候南下？"她问道。

"约莫七月。"

"到上海？"

"先到北平。"

他回身坐到她身旁，道："上海的小吃多极了，你一定得尝尝。"他屈指数道："有煮干丝、蟹黄包、蒸饭团、麻团……"

"等一会儿，等一会儿，让我记下的。"她忙去取纸笔，看见抽屉里半阕词，又多添一桩心事。好像什么都搁下了，都赶在今天冒出来。

爽然在高粱席上凹凸不平地把刚才那几个名目抄了，接写下去：“……四喜元宵、烧卖、凉团、三丁包、锅贴、片儿汤、春卷、馄饨、拌面（王家沙）、肴肉……”他还给她画，两手比画着，方正的一块，这么宽，这么厚，棒极了。她又有以前那种幸福的感觉。

他讲完了，再来的是一大段的冷寂。

她小心地折着纸张，四边比得齐齐的，走到桌前拉开抽屉放好，拿出那半阕词轻笑道：“你瞧，说要送你的那阕词，还没有填完呢，有一阵子不知塞到哪个旮旯了，最近才冒出来。”他过来看，她把他推回去道：“你坐一会儿，我马上就填。”他瞪着那只金戒指。

她特意找出毛笔墨盒，衔笔想了一想，蘸墨写了。写完撮唇吹一吹干，折起来入了信封，给他道：“回家看。”

他们随意聊聊，都在延挨着，都不敢看外面的天色，然而天色渐渐暗了，会有人来叫她吃饭了。他起身走到她面前，她不敢看他，眼梢仿佛觉得他的夹袍动了一动，她以为他要走，猝然抬头，觉得他要压下来。

他笑一笑道：“我走了，你保重。”

她要送，他不让，她便开窗看他。暮色昏昏，她凝视着他移动的身影，心中凄切，脱口唤道：“爽然！”他向她挥挥手，走了。她瞧见霜上他的名字，知道他是看到了，觉得非常放心。

爽然一出门，便拆开宁静给他的信封，借式微的天光读纸上的小楷：

片片梨花轻着露，舞尽春阳姿势。

无情总被多情系，好花谁为主，常作簪花计。

人间多少闺门闭，门前落花堆砌。

隔窗花影空摇曳，近来伤心事，摧得纤腰细。

每个人都有过快乐的日子，属于他和宁静的，已经完结了。

张尔珍和程立海在长春结婚，给宁静寄了一张结婚请柬。应生陪她去了一趟。

尔珍将为人妇，比前端庄娴静了。婚宴上亲昵地拉着宁静讲许多话儿。宁静打量她半酡红的脸庞，觉得她是真的快乐。嫁一个自己喜欢的人，大概就是这样骄傲满足。尔珍问她：“你表哥呢？”她过一刻才想起来是指爽然，不禁百感交集，掩饰什么的拉过应生来介绍。大家谈起三家子问路的一段渊源，只觉得人事难料，都唏嘘惊叹不已。

这一年七月，宁静离开东北南下。此去料定没什么机会回家乡了，自不免离情外更添伤感。她翻出地图找印尼，那样远而陌生，香港近得多，就在广州下面。后来她知道是去香港，开怀了不少。亲友间多有请客饯别的。她自个儿爱去的地方多去蹓跶蹓跶，有时候周蔷陪她，原打算爱吃的也多吃吃，但好胃口没有了。

同行的有熊柏年夫妇、熊顺生，当然还有应生。到了北平，他们在旅馆下榻。第二天到机场接应生母亲。

应生母亲原名潘惠娘，广东梅县人。常时系一条垂地紫底彩花沙龙裙，上衣印尼人管它叫克拜雅，紧紧巴巴地裹着一身肉，有时候也穿穿旗袍裤子。她颈上腕上嘀哩嘟噜戴着金链金镯，右手无名指上套一只玉戒指，缀着她粗糙的浅棕皮肤，有一种土豪乡绅的珠光宝气。她的相貌倒是慈蔼的，应生却并不像她。随潘惠娘来的是一个望五十的瘦削妇人，熊家都管她叫三嫂。

初听客家话，宁静觉得简直身处异域。在她，客家话有浓浓的排斥意味，扎得她浑身不是味儿。过几天儿她略略能听了，简单的、慢板的。那是一种教她孤独的语言。

宁静很快就感到潘惠娘和三嫂对她的敌意。潘惠娘除了机场里上上下下把她审视一通，就压根儿没正眼瞧过她。她告诉应生了，他说她敏感。

他们在北平逗留十多天，行程安排得很松动。熊柏年是识途老马，充当导游，领他们逛天坛、故宫、颐和园、北海、香山、长城……他们老一大伙人挤到一块儿，宁静一个人落在后头，也没人睬。她印象最深刻的是长城了；临风伫立城上，长城外是她大豆高粱的家乡，长城内是她独在异乡为异客。

然而日子逐渐难过，她惊觉她是一个人离乡别井，另外的一大伙人，在她生命中什么都不是。

到上海的火车上，他们买的是软卧。潘惠娘硬要宁静出去坐硬座。宁静听不大懂，只见她一只手一味往外扇地赶她，她辫子一甩气冲冲地出去了。熊太太让她进熊家的软卧厢她也不接受。

火车公洞公洞地在轨道上驱驰，田畴绿野刷刷地飞逝。应生出来陪她坐。

她硬声道："你妈又没要你出来。"

"她老人家，你何必和她计较，我陪你就是。"

当时你大可以为我说句话儿，她想。

那样的女性，年轻的时候让婆婆欺负，自己当了婆婆，理所当然地欺负媳妇儿。这根本是因袭的恶性循环。

应生道："你就将就点儿，老人家，哄哄她不就结了。"

宁静怒道："我还不够将就，你妈摆明给我难堪你看不出来？别忘了我还不是熊家的人呢。"

他忿忿地睨睨她，不再吭声。

熊柏年在上海市的西郊区盖有西式洋房，应生的堂哥哥熊广生和堂妹妹熊丽萍就住在那儿。抵达上海的那一天，大家都累，不打算再到哪儿，晚饭后便在客厅里济济一堂的嘎嗒牙儿。宁静原拟缺席，应生劝她留下，省得别人问起他难交代。宁静多半听不懂，干瞪着眼发呆。潘惠娘或三嫂开腔时她浑身汗毛都警惕地竖起，随时预防她们又在弹劾她。往往也听到"赵宁静"三字被提起，赶紧收摄心神聆听，但话已经讲完了。有时是她听错了，有时是她错过了。熊丽萍特地邻着她坐，撩她说话儿。丽萍是典型上海时髦的女性，二十二三岁年纪，浓妆艳抹，花里胡哨儿的。随时脚一跺，发一蹦，怪活泼的。宁静陡地听到潘惠娘说她，捉摸不着说什么，只听丽萍道："大娘，你有一个长得这么俊的媳妇儿，还有什么不满足的！"

潘惠娘一字一字道："我不喜欢东北人。"

宁静清清晰晰听入心中，她发觉厅里的人都在注意她，便假意拍一拍丽萍道："老婆婆才刚儿说什么来着？"

众人才恢复自然。熊广生问道："爸爸你不是说要拖一年的吗？怎么倒这样快下来了？"

熊柏年带几分侥幸地告诉他旗胜失火的事儿："……想起来真得谢谢那场火，把俺们解救了。"

其实熊广生早于信上获悉这回事，这般问他父亲，是给他父亲机会在没有听说过的人面前演说罢了。

宁静恨视着他们，想她和爽然，双双落得他们这样揶揄嘲弄，心中大感凄凉。

她念念不忘爽然写给她的上海小吃，但他们每每上老饭店大三元老正兴这些有名饭店。虽然这些大饭店各具特色，老正兴的鱼她亦赞好，但爽然给她写的，她至少得吃一两样。一次他们去外滩，经过王家沙，她悄悄跟应生说："听说这儿的拌面很好吃。"

应生朝里张张道："脏得要命，妈妈哪里能习惯。"

“就咱俩来好了。”宁静道。

应生粗声道：“那有啥好吃的，别小孩脾气了。”

他如今只是唯母命是从，对他，宁静不奢望什么了。换了爽然，早已拐了她进去打一场风卷残云的大混仗了。

上海这地方，除了有限的黄埔江外白渡桥哈同公园，没有什么可去处了，熊柏年和熊广生忙着结束中药行的事，丽萍天天陪她母亲、潘惠娘和三嫂出去逛百货公司。宁静一个人一间房，独门独院地过起日子来。

这天早饭广生突然问起爽然的近况，只有熊柏年答他：“也难为他，旗胜烧了，够他受的。听说到上海来了。”

广生道：“不可能吧，他来了怎会不找我？”他接着自语道：“让我到他舅舅家打听一下吧。”

她怅然若失，想问问爽然的舅舅家在哪里。她和他可是立足在同一个城里的！但，这时候，还见面作甚。

她吃得最慢，只剩她一个了，便撂下不吃，一径到应生的房间，问他去不去散步。手刚搭上门把，顺生的声音在里面响起。宁静对顺生毫无好感，想过一忽儿再来，尚未举步，“林爽然”三字一剑剑插入她心上。她留了个神，只听顺生说道：“……我说的错不了，准是那姓林的知道了，所以不来找广哥。”

“对，他和广哥交情不错，到了上海决不会不联络他。”应生道。

“可不是……喝，知道了又怎地，广哥不知道就行了。”

"万一广哥找到他,那可说不定。"

顺生道:"他没凭没据,广哥也不会信他。……嘻嘻,俺们做得严丝合缝的,除了你、我,和那放火的,谁知道,就算露馅儿了……"

宁静只觉脑里轰的一响。

外面光天化日,但她心里的天已经黑尽。方才的一阵急跑,使她汗水浸浸的。可是现在什么都没关系了,她一条命,也抵不了爽然的一场劫数。她匆忙间没有带钱,只得沿着大路走。初秋的太阳还是毒,她却无知觉了,也不知走了多久,走到哪里,抬眼环顾,觉得地方有点眼熟,问问才知道是南京路,直通外滩。她疯狂地来回乱走。她记得王家沙就在这附近。她得吃一碗王家沙的拌面。她找了很久才找到,却恍然记起没有带钱,真是什么都一波三折,她满脸汗水眼泪,在店门呆站了个把时辰。吃饭时间,食客一批批来了又去,忙得那胖老头儿颠着大肚子跑来跑去。看样子是老板,系一条埋里埋汰的围裙,不时拿眼睛望望宁静。他抽个空当问她是不是要吃面,她猜着他的意思,摇摇头,老板又忙他的去了。宁静不死心,眼巴巴看着那些燻鱼蹄膀渐渐少了。老板看她仍流连不去,问她有什么事,她嗫嚅道:"我没钱。"老板"哎呦"一声拉她进去,觅个位子她坐了,径自给她上一碗燻鱼面,道:"你吃吧,算我的。姑娘不是本地人吧!"

"东北人。"

"哦。"另一边有人喊他，他应了，回头又催她吃。

宁静想自己的亲人，还不及一个不相识的老头儿待她好，心中好生悽惨。她为爽然吃的心情，多于吃的心情，东西便吃不出味儿来。但因为饿了，又特爱吃面，便呼噜呼噜地吃完，打个饱嗝，棒极了。

她跟老板说明天给送钱来，他肥厚的手掌拍拍她肩膀说："算我的，算我的。"他送她到门口道："认得路吧！"她点点头，却往外滩的方向走。

她拐个弯，挨店细看，横匾竖匾门联门牌一一都看了。来到一家爵士茶庄，墙上一张节目单，题上"天籁雅集鼓书场"。右边是一个丰腴妇人的半身照，微笑着向右方斜斜地望，满足现状的笑；左边是三只堂堂大字"章翠凤"，下面是"日夜演奏，北方书场"，还有"日场三时，夜场七时半，地址西藏中路二四二号"。宁静想可惜没有钱，要不然倒可看一场。节目单的下半小截是"中亚织造厂门市部"的广告：专售各种大小被单，各种大小毛毯、各种大小枕头……

宁静笑起来，这样看法儿，真要发神经了。她到黄埔江畔踯躅了一个下午，什么都不想，光看着匆匆路人袂梢裾底的上海风日。黄昏时分，她雇三轮车回熊家。路很长，从夕暮驶入黑夜，簸簸顿顿，教人想到乖蹇半生，最后仍是独自一人睁着眼睛走进黑暗里去。她只希望永远走不到尽头。

她叫开门的老妈子付钱，拖拉着脚步踏过院子，听到蟋蟀叫。她和爽然，竟完不了斗斗蟋蟀的心愿。屋里聚了一厅人，她正眼不瞧他们，低头疾步上楼。应生喊她，喊了好几声，愈喊愈凶神恶煞。他气烘烘地冲入她房间，连珠炮似的吼道："我问你，你跑到哪儿去了。俺们啥都搁下了找你一整天你知不知道。你这也太不像话了，也不想想俺们会有多担心……"

"担心个屁。"她嘟哝道。

应生不会骂人，字汇少，句法不变通，一点搔不着痒处。

宁静懒得理他，长着脸拖出皮箱，打开衣柜叭啦叭啦乱抓了几件衣服，坐在床上叠将起来。

应生软了口气道："有啥大不了的事儿你要走？你走到哪儿去？"

"回东北。"

"什么？"他坐到她对面道，"回东北？别忘了我们是订了婚的……"

"咱们解除婚约。"

他吓了一跳，摁着她的手不让她叠，道："小静，到底啥事儿你说清楚，别让我不明不白的。"

她毒毒地仇视着应生。这个人，她该为爽然给他一个大耳刮子。她气一提，真捆了，响辣辣的一大巴掌，五条红烙的指痕，她的手也麻麻地痛着。

他本能地抚着脸颊，呆望着她。

她恨恨地道："你这样狠，把旗胜烧了！这一巴掌，我是替表哥给你的。"

她继续叠衣裳，没再看他。顷刻，她听到门响。他出去了。

第二天，应生送宁静到车站，没有向其他人解释，临走她到王家沙还了钱，买了两只金华火腿。应生跟她说，他在上海等她回心转意。

没有人想到宁静还会回来，她自己也没想到，而且那么快。众人猜是小两口儿怄气了，她脾气又倔，回来倒不是奇事。只是她一个女孩儿，大老远的从上海到北平再到沈阳，胆子之大，够唬人的了。

清秋天气，宁静鼻子吸吸，嗅的全是大漠金风，黄甘黄甘的，吹着她长大的，一草一木，都和她有过承诺誓盟。她听过的，看过的，仍然和她息息相关。还有她最亲的，爽然和周蔷，一个还在——一个不在了。

宁静去抚顺看爽然母亲，送她金华火腿。林太太很是惊异，迎她进去坐。一院子的黄叶滚滚无人扫，外面的初秋，这儿是深秋了。

林太太比起以前见老了，家道反复，是能教人衰竭的。她喊宁静坐，厨房里焖牛腱要看火。她出来的时候带着毛袜子和针线盒，笑道："好了，咱们唠嗑儿。""林老伯呢？"宁静道。"和朋友出去找乐子去了。"她绒线瞄准了针眼儿，穿过去了，补起袜子来，笑问，"新姑爷待你挺好吧？"

"挺好。"她说，等林太太先提爽然。

林太太果然道："爽然这孩子，这么久都不来一封信。"

"他还在上海？"宁静乘机问。

林太太摇摇手，补一针道："三月就到美国去啰！他说想出国留学，他舅舅就给钱让他去了。"

原来他已离开她那么远了，她虚虚地想着，不太能具体地寻思是怎么回事。她在地图上看见过美国，很大很大呢。

"他……他和素云……一块儿去的？"

林太太甩手摆脑的，夹着针漫空戳着道："不干呀，说什么也不愿意娶素云，把老头子气得火冒三丈，两父子吵得脸红脖子粗的，到底没结得成。"她干脆放下袜子道："爽然向来是不喜欢做的，不拘怎样都不依，老头子偏偏和他硬碰硬。当初爽然和素云订婚我就不赞成，小孩子才多大，哪儿就定得终身大事？还不是陈老头儿起的哄，看他俩儿挺要好的。订婚那晚上爽然溜了，老头子把他抓回来，那个打呀，差点儿没让他给打死。"说着林太太拍拍胸口，犹有余悸。

她看看宁静，道："现在不作兴父母之命那一套啰，婚事儿最好让小孩子自己决定。没法儿，老头子不听我的，硬说素云等了爽然十多年了，不好白白耽误了人家。屁，鬼才信，我听人说，刚抗战胜利，素云搭上了一个国民政府的官员。你知道，那时候大姑娘嫁给国民军的多得是。哼，让人家当伤风的鼻涕——甩了。后来爽然回来了，死乞白赖地不放。"她拿起袜子要补，提不起劲儿，又放下了，叹道："我倒愿意你做我的媳妇儿，爽然偷着告诉我要和你结婚，偏偏你没答应。"

"什么？"宁静奇道，心急跳起来。

"爽然没跟你说吗？那可奇了。他真的没跟你说？"

宁静咬着唇，摇摇头。

林太太道："旗胜烧了的那一阵子……哎呀，说起旗胜我就气，爽然跟我说，是熊家那两个王八羔子干的好事儿。失火那一天呗，两个人借故走了。好像是其中一个欠旗胜钱……我也不大清楚。我要到熊家理论的，爽然说什么也不让我去。那两个男孩子自小儿就好整他，这一遭儿可把爽然给整惨了，爽然那孩子又是个老实头儿。"她说得声泪俱下，用袖子揩揩。

宁静看她岔开去了，一时不好意思打断她，这时也管不得了，道："旗胜烧了的那一阵子爽然咋地了？"

林太太回过神来道："病了呗，病得折腾来折腾去的，老头子不通气儿，要他去沈阳，回来病得更重了，怕你等他，叫我到东九条去告诉去，我去了，找你不着，留下话儿了，老妈子没告诉你吗？"

"我没回去。"宁静道。

"哦……爽然那一病病了很长时间呀，病好了那个瘦呀，剩下皮包骨头，说要养胖了再去找你，要不然你又要不高兴，顿顿儿吃得撑撑的，唉，哪里就能胖？我说你再不去人家都嫁啰，他才去了，开心得了不得，说要向你求婚……他真的没跟你说吗？"

宁静只是一串串任那眼泪流。

林太太看她不作声，又喋喋地道："唉，回来就锁在房里不出来，说什么也不出来，等他出来了，不吃东西，也不说话，我急得掉了魂似的……"她禁不住呜呜地哭起来。

宁静很是惊痛。她想设若当日爽然和她说了，她一定毫不考虑地和应生解除婚约。可是如今，好像嫁给谁都无所谓了。

"哎呀！"林太太蓦地嚷起来，道，"你瞧我多丢三落四的，爽然留给你一封信，嘱咐我见到你就交给你的，真是，唠了这么久才想起来，要是忘了可糟了。"她抹抹泪进去拿了。

宁静简直像等了一辈子，一颗心跳得快停了。林太太出来把信给她，她抖得控制不住，待拆开了，又抖得几乎没法看。

信封里附有两条头绳，原色约莫是浅蓝，洗得泛白了，爽然的信这样写着：

小静：

　　这两条蓝头绳，我揣在怀里很久了，一直忘了给你。记不记得那年逛元宵，你和素云吃元宵，我离开一会儿，骗你说去买冻梨？其实我是去买这两条蓝头绳，开春妈洗我的袍罩，竟也没发现。藏在袋里那么久，真像历史一样。方才把你那阕词掏出来，顺手也掏出这副蓝头绳，我本可把这封信直接寄给你，但我又不能肯定是不是真想你收到这封信，如今这封信，能不能到你手上，只看天意了。

爽然

她不哭的。她现在已经学会不哭了，光是流泪，一大颗一大颗地流；泪流干了，她欠这人世的，也就还清了。

这时候的东北，八路军闹得很厉害，长春被围，连带沈阳也供应短缺；风吹里衖，也吹来一些沈阳被围的传言，但那还是很遥远的事。一般人都认为只是土匪造反作乱，不久会撤去的。但是地方上的官员逃了不少，富有人家，尤其是地主，都暂时避到北平或南方去。

宁静看自己父亲没啥动静，暗里着急，问他好几次，他都推说："走啥呀走？走到哪里去呀？我不怕。"她也并不是怕，谁也没法预料情形会坏到什么田地。她只担心土匪会进城杀人，她不能死，她死了，她一辈子也别想再见爽然了。这期间，应生的信一封紧接着一封，向她道歉，催她南下，告诉她现在上海只剩他了，潘惠娘回印尼去了，他们在香港，不会受任何人的干扰，结婚的时候，熊柏年可以作主婚人，宁静想这也是一条路，出去了再说。她不能让自己有万一的危险，她得留着这条命见爽然。

这天周蔷来向她辞别。周蔷的丈夫小宋本是朝鲜人，家里开面馆，目前经济每况愈下，局势动乱，便打算回祖国去。

初冬了，赵家院子灰扑扑的一片尘寰哀意。浊浊暮云压着屋瓦，高涨的情绪都低落不自拔。宁静和周蔷并坐在西厢台阶上，想着生离和分散，她们互相知会了；但死别和重聚，她们永远也不知道。

"不知尔珍怎地了。"宁静捻着辫子说。

"是呀！"周蔷头发留长了，每边缀个浅黄花夹子，好像投错季节的春消息。她突然碰碰宁静道："喂，我讲个笑话你听，我也是听人家说的。说是沈阳的运输机往长春投粮食——，有一次把米投到住宅的房顶上去了，把屋顶打个大洞，米都掉到炕上去了。"她说罢娇笑着，寂静里分外清脆。

宁静掩口笑了一会儿，站起来，掸掸衣上尘，走下台阶去。她陡地转身仰脸问道："你下星期一就走？"

周蔷望着她俏尖的脸，点点头。宁静是第五次这样问了。

"到大连下船？"

"嗯。"

周蔷走了，只剩她一个了，宁静想。她颤着声音道："周蔷，我真有点怕。你记不记得，我族里的六叔，就是抗战刚胜利没多久，八路军打俺们三家子经过，让他们给枪决的。"她突然跑回周蔷身旁坐下，兴奋地说："我跟你们一道到朝鲜好不好？"

宁静原以为周蔷会很爽快地答应，谁知她犹豫道："我当然求之不得，可是我老婆婆和老爷恐怕会有意见。"

宁静定下心来一想，实在也是。她跟周蔷去，人家就得供她米饭，十天八天没问题，长远下去，人家不嫌，自己都要不好意思。别说家境小康的，就算家财万贯，也不见得能毫不计较。

周蔷又道："而且你到了那边，一个亲人都没有，人地生疏，语言不通，将来的日子怎样过？"

宁静吁一口气，走到院子中央，一抬头，一只灰鸽扑翅掠过。

她跟赵云涛说，应生催她南下到上海与他会合，她答应了。赵云涛自然为他们小两口儿和好如初而感到欣慰，一面却叹说宁静是走星造命。宁静写信给应生约好日子，连接而来的便是话别和等待。

她这次离开，比上次抱着更大的希望。因为这次是为爽然，上次却不为什么，虽然她这希望是那么遥遥无期。

宁静临行的前一天，是个冬日晴天。因为她将要启程，赵云涛喊她多休息，好有精神上路。她坐在偏厅里，手里一本《红楼梦》，是爽然买的那一册，两腿直直地往前平伸。她念着念着，忽觉脸上一暗，抬眼一望，竟是爽然进来了，背着光，他眯睎着眼瞧。因为阳光太烈，她只看见轮廓，细节全看不见，仿佛只是爽然的影子来了，他的人却没来。她一阵昏眩，只觉爽然往下倒、往下倒，但他仍站在她面前。她迎上前去。也只是一个影子而已。爽然说话了，她用尽心力去听，怎样都听不清，耳畔老是嗡嗡响。后来他牵她的手，领她出去了；两个影子，不住地飘着，飘着，飘远了，成了天际的两粒小黑点儿，最后连小黑点儿亦消失了，晴空朗朗的照在天上……

她一梦醒来，《红楼梦》掉到地上了，踏出院子，却是正午时候。她垂首一看，影子不在，已经随爽然走得很远，很远了。

第三部

却遗枕函泪

宁静打先施公司出来，天正下着大雨，她一时无备，沿街截计程车亦截不到，想想春来堂中药行就在附近，便冒雨走了去，希望碰到应生在，现在接近下班时间，司机准会来接，可以把她也接回家去。

　　到了春来堂，她那套浅粉红撒金旗袍外套，已被淋成殷殷桃红。上过写字楼，都说熊老板在店面账房。因天阴关系，春来堂早早上灯，黑白地砖映着白白的日光灯，暗里进来，只觉黑瞳白眼嚓嚓闪，扑面眨来，店里有一位男顾客，背向她，斜凭橱柜，正在付钱。

　　见到她，店员纷纷招呼一声"熊太太"，那男顾客却未为所动，她颔首微应，提步往里面走去，顺眼瞥一瞥他，这时他已立正身子待走，侧脸一动，她立刻怔一怔，觉得好生眼熟。经过他身后，却听见店员的声音："喂，喂，这位先生，还没有找钱呢！"她不由自主地回过头去，那男顾客也转过身来，瞬即成了她的镜子，照着和她一样的神情、眼光和往事。

　　宁静旋过身来面向他，几乎要落泪。两人都讲不出话来，连旁边的店员都哑了似的。宁静稍稍恢复意识，想着到底在丈夫店里，不能旁若无人，便挂张客套笑脸，道："好久不见。"声音都变了，她自己也听出来。勉强跨前两步，示意他到外面讲。两人并肩出店，那店员却忠于商德地追了上来："先生，钱。"

他随手拿了，连谢谢都忘了说，又随手把钱塞入裤口袋里，手却留在里面不出来了。另一只手攫着药包，散漫地拍着腿侧。"真想不到！"他鼻孔里哼着气笑说了这句话。

雨势大起来，行人道上水淹似的，路边的铁栏杆也在淌水，反正整个世界都淹着水，而人的眼泪也是水。宁静真的哭了，悄悄擦去了一滴。他一直低着头，没有看到，裤袋里的手回到外面来了，把头发向脑后拨一拨，苦笑道："我老了，老很多了。"

他是老得多了，一见面她就发现。头发已经半白，还好不秃。她记得他以前的皱纹只在眼角那里，如今散布开来，整个人干瘦掉了。"你还好，没怎么变。"他又说。她想他也只有讲这些泛泛的话，无可奈何，叹了一口气。

走到街角，挤满了避雨的人，前面再没有楼檐了。他把药包攒入西装袋里，免得淋湿。宁静看见了，问道："你生病？"

"没什么，有点感冒，买两帖药试试。"他看看表又道，"咱们找个地方吃晚饭吧。"

他们过了马路，进了一家绿杨邨饭店。店里人满，他们站近门口等，可听到外面雨声哗哗的，里面又人声嘈杂。他贴近她的耳朵问："你什么时候来香港的？"

她凑前道："快解放的时候。你呢？"

"五年。"他顿一顿又笑道，"两人在一个地方那么多年，到今天才碰面。"

"我住在香港岛，不大到这边来。"

他点点头，店伙来告诉他们有位子了。

点了菜，他又道："你住哪里？"

"香港坚道附近。"她说。

"哦，那是半山区……"说着手一扬道，"我就住在这里附近，西洋菜街，听过没有？"

她歉笑着摇摇头，把一杯茶拧得在桌上团团转。

"过得好吗？"这句话他忍了很久了。

她抿着唇不答。他端起杯子喝了一大口茶，道："这句话问得不该？"

宁静抽一口气道："没有什么该不该的，日子也没有什么好不好的。"

这样等于没有说，他不响了，故意用指甲敲桌，敲得剥剥响。瞅瞅他看，老了，越发的孩子脾气了。他又左顾右盼，看看菜来了没有，这一望倒真把菜望来了。

他执起筷子，却不吃，让筷子站在左手食指上，微仰着头呢哝道："几年了？"随即甩甩头叹道："懒得算。"

宁静却声音平平地说:"十五年了。"

"东北话都忘光了。"他说。

"广东话却没有学会。"刚才他点菜,她就听出来他的广东话最多只有五成。

十五年,算来他已是望五十的人了。她黯然低头,赶紧扒两口饭,饭粒咸咸、湿湿的尽是她的泪水。

他问她要不要辣酱,她不敢抬眼,没理他。他看出来了,不作声,在自己的碟子里加了点,道:"春来堂我常经过,却万万想不到是他的。"

这个"他",自然是指熊应生。

"他可好?"

宁静提高了声音说:"他有什么不好的,娶妻纳妾,置地买楼,风光极了。"

他"哦"一声,拖长了,好像有所玩味似的。

"有没有孩子?"

"他有,我没有。"她说。

他没有问缘由,她却想起了千般万种。当时坚拒给熊家生子,原就是为了守着对面这个人,以至熊应生决意纳妾。这种话,在相逢异地的此刻,自然是不宜提,更不必提的。

宁静还是很激动,他却好像没有什么了。吃得很多,吐了半桌的菜屑和骨头,剔剔牙说:"我就是不能吃菜,牙不好。"说着叩叩上颚两边："这里都是假的。"

宁静夹两筷菜道："奇怪，人过中年，总是会发胖的，你反而瘦了。你瞧，我肚子都出来了。"她摸摸微隆的小肚子，嘴角有一种温饱的笑意。

"我劳碌奔波，哪能跟你养尊处优的比？"

宁静皱一皱眉，放下筷子道："爽然，我本来不跟他的。"她的意思是当时她南下广州，还并没有本着追随应生之心。

爽然误会了，以为她是指她负情另嫁这回事，便道："那也好，至少他成就比我高得多。"

她自顾自说："我一个人，实在也没办法。"于是她告诉他怎样与熊应生在上海会合，到广州住了一段时间，最后到香港定居，熊家仍旧经营中药行，又在新界广置草菇场，生意愈做愈大。生意做大了，希望承继有人，应生便纳了妾，名字叫金慧美的，有两个儿子了。宁静也有略过不提的，比如她在熊家的地位日益低微，独居别室，与熊家俨然两家人似的。

她不说，他也猜想得到。撑着头端详她，只见她脸上的肌肉都松弛了，会给人一种发福的感觉。

"家里都好吗？"他问。

"父亲过世了，只剩下阿姨和小善，还在东北，现在按月汇钱给他们。小善大了，还算懂事，常和我通信。"她歇一口气又说，"你呢？"

他苦笑道："我都老了，他们怎会还在。"

宁静望望门外，街上都漫上夜色了。门边蒸包子的厨师把笼盖一掀，白蒸气热呼呼的冒得一天都是，倒像是最后的白天的时刻也让溜走了。她想起以前在东北和爽然在小洞天吃饺子的事来。她已经很久不想这些了。

"要不要上我家坐坐？"他问她。

"不要了，晚了，改天吧！"

"好，我晚上七点过后总在家。"他在美国念的是工商管理，现在在中环的一间贸易行任职。

他给她留了电话，说："有空打电话来吧！"

两人就这样分手了。

次日宁静果真去了，爽然下楼接她。他住在四楼，进门一只小白色鬈毛狗绕着宁静的脚踝使劲嗅，爽然用脚面架起它身子赶它，边道："阿富，别淘气，去，去！"又笑向她说："房东的。"她笑一笑，随他进房。她原料必会积满衣服杂物，谁知马马虎虎还算整齐。

他笑道："你说要来，我刚打扫的。"

她看见衣柜门缝里伸出一角毛巾，手痒把门一开，里面衣袜烟酒等东西纠作一团，她忍不住笑道："都打扫到衣柜里来了是不是？"说罢合手一抱道："让我替你弄弄嘛！"

爽然正在倒茶忙抢了下来："不行，不行，你是戚儿。"

"你但愿我是？"她盯着他说。

他望着她，冲口道："我但愿你不是。"

宁静抱回衣服，坐到床边慢慢叠，道："你喝酒？"

"一点点罢了。"

"也抽烟？"

"抽得不多。"

"那，这是什么？"她指着一缸满满的烟灰烟头。

爽然朝那方向望去，解释道："昨晚上稍微抽多了点。"

宁静想大概是再见见她，心事起伏，无法成眠，才抽多的，也不再问了，喟叹一声道："我想了整晚，失去的不知道还能不能补回来。"

"不可能的。"爽然一句就把她堵死了。

她却不死心，又说："世事难料，就拿我们再见的这件事来说，不就是谁也料不着的吗？也许……"

"小静，"爽然没等她说完便说，"我们年纪都一大把了，过去怎样生活的，以后就怎样生活吧。"

"不快乐也不去改变吗？"她低声问。

他不答，忽然恼怒地说："其实我们为什么还要见面？"

宁静怨目望望他道："我以后不来就是了，你何必发火呢。"

两人都沉默了下来，直到宁静离开，都没有怎样说话。

说不来的，她第二天倒又来了，连电话都没有给他打。爽然正要开口责怪她，她却抢先说："我反正闲着无聊，你就让我来吧。"他也不能再说什么了。

　　她一天一天来了，爽然一天比一天地不能拒绝，后来干脆约在中环等，一起到他家。有时候宁静先来，到旺角市场买一些菜再上他家，渐渐与房东一家和阿富都混熟了。晚上宁静并不让他送。他上一天的班，身体又不好，往往十分劳累。她这样天天夜归，熊应生没有不知道的，但她的事他从来不闻不问，就是知道了，吵两架也就完了事儿。爽然却隐隐有些担心，怕一旦情难舍，而又不能有什么结果，会变得进退两难。他更怕万一宁静死心塌地要跟他，她半生荣华富贵，会转眼成空。

　　她一直催促他找新房子，自己也帮他找，总说："你又不是没有钱，怎么不找好一点的地方？这里狗窝似的，怎么住得下去？"他的搪塞之词总是：没有余钱，都寄到乡下去了。直到有一天，宁静发作了，说："你不为自己，也为我想想，老要我长途跋涉的来看你，你于心何忍？你好歹为我做一件事。"他点头答应了。

　　爽然的心脏和肝都有毛病，常觉困倦，和宁静出外逛也容易露出疲态，弄得她意兴索然。这几天却是她不舒服，到礼拜天早上才上他家，他还在睡觉，差不多正午了，才翻身翻醒看见她，搔搔头打个呵欠说："几点了？"

　　"十一点五十分。"她看看表答道。

他使尽全力伸个懒腰,满足地叹道:"累极了!"沉吟一下又说:"对了,我买了两张《状元及第》的票子,时间差不多了,现在就去。"

她想不到他有这样的兴致,便附和他乐起来。百老汇电影院很近,两人步行而去。这时已是入夏时分,人们单衣薄裳,走在弥敦道上,汗湿浃背,都有种袒露形体的感觉;热气加上汗臭,特别让人感到暑热之苦。

他们买了爆米花进场,看票的人却粗鲁地说:"喂,这票子是昨天的嘚!你们不能进。"

两人细看那票子,果然戳着昨天的日期。宁静正想离开,爽然却拉着她往里走,查票的忙拦阻道:"对不起,这是公司的规矩,票子过期无效。"

爽然瞪大了眼,大声嚷了起来:"你这是什么意思,我明明买了今天的票子,是你们的人搞错了,关我什么事,我难得看一次电影,你这算什么态度……"戏院大堂围了一圈旁观的人,有的上前劝解,站着的人都说"有事慢慢讲"。爽然仍旧兀自乱嚷,也嚷不出什么名堂,只一味强调"我难得看一次电影",手里的爆米花撒了一地,让围观的人踩得劈里剥落响,还有已经进场的人跑出来看,宁静尴尬得脸都发烫,上前拉又拉不住,急得只顾喊他的名字。最后有人把经理找出来了,经理矮矮胖胖客客气气的,问明原因,向爽然赔罪道:"对不起,大概是我们的人弄错,误会而已,误会而已,真是不好意思。"随即打发人去搬两张椅子,搁在最末一排座位后面。

片子已经开场，爽然愣愣地捏着只剩半包的爆米花，也不看。宁静以为他还在生气，低声数落他道："你明明自己不小心买错了票子，还一味怪人家，发那么大的脾气，多不好看。"

他瞧也不瞧她，声音冷冷地道："你那么嫌我，就不要黏上来。"

她气得呼吸都急促了，转脸看他，银幕的雪光射在他脸上，眨眨闪动。那是一张冰冻的脸，寒气袭人的，可以把她也冻成冰。她心一软，把一口气咽下去了。想他不过要给她一个意外，让她高高兴兴地看一场戏，出了岔子，他脸上下不来，恼羞成怒，也是常情。这些月来，他暴躁的脾气，尖刻的言词，她都趋于习惯了，也不知咽下了多少口气。

过一晌，她试着逗他，道："你记不记得以前我们玩升官图，总是我当状元？现在戏里演状元的钮方雨，也是个女的，可见我们女的比你们男的有作为。"

"那当然。"爽然道，"你们可以理所应当地仰仗金龟婿，沾他的光；我们若靠太太提携，难免受人家耻笑。"

这一口气她可憋不下，咬一咬牙，豁地立起身，反身就走。爽然后悔不迭，握住她的一只手，好一会儿，哑声迟疑地说："小静……我老了，脾气不好。"

宁静一阵心酸，跌坐回去，哭不成声。他在暗里牢牢握住她的手。

这一天，她没有和爽然约好，预备早来买一些菜，临时却改了主意，先绕道至花园街。多年前，她听一个朋友说过，这里的一个寺院里有卜卦算命的，灵得很。近来和爽然大吵小吵，和应生也大吵小吵，实在不知未来如何。她相信迷信也是一种把持。

寺院前殿静无一人，宁静四下张张，并不见任何卜卦算命的摊子。正疑惑间，一个身着黑袍的胖大和尚出来了，看见她顾盼的样子，上前问道："这位施主，来上香？"

宁静道："不是，这里不是有一个卜卦算命的摊子吗？"

"哦，那个摊子呀，早就没有啰！"

宁静惘然若失，挽一挽手袋，正欲离去，黑袍和尚又发话了："施主必定在那里算过，如今仍旧找来，也算是有心人。贫僧也略通一些面相之术，施主不嫌，可以赠你两句。"

她眼睛都亮了，欣然道："大师请说。"

"施主晚年无依，未雨绸缪为上。"

宁静悚然心寒，只一霎，便强自镇定，依礼问道："大师法号……"

"善至。"

"多谢大师。"宁静谢毕，步出寺院，阳光炎烈，她的心却一阵凉似一阵，也无兴买菜，直上爽然家。

她仰躺床上，凝视着桌面爽然的照片。这房子方向不好，才到下午，已经十分阴沉。她想把相片拿来细看，又懒得起来。那是爽然在东北照的，淡黄了，专司浸蚀回忆的黄，从浓而淡，好像要把整帧相片浸蚀掉。回忆应该不是冲淡的，是浸蚀的，她想。相片里的爽然是笑着的，黑密的发，齐白的牙，还有阳光，但里面的晴天出不来。在这里她只觉得阴冷。

　　和爽然共同生活，是她唯一的心愿了。当初似乎不可思议，然而思量之下，希望还是有的。天天夜归，是存心挑起应生的反感，俟机提出离婚；更好的，是逼他提出，她好向他讨赡养费。跟了他那么多年，什么都得不到，捞个十万八万，在他不过区区数目。而且他眼中心中，早就没有她这个人了，协议离婚是不难的，这番心情，她不便与爽然明说，何况他一直有些推搪之意。她对爽然，自不是当初热腾腾的一片爱意了，十五年后，到底是怎样一种感情，她自己也不可理解，以前是断人肠的，现在却磨人肠。

　　追随爽然，她有更充分的理由。在熊家独居冷宫，长此下去，必不得善终。想到此处，她心里突地一憬。这么说，善至大师给她的赠言，竟是好兆头了。"晚景无依，未雨绸缪为上"，当是指经济环境。如果她始终留在熊家，经济环境不可能发生问题。不得善终，不过是抑郁而死。爽然不同，他有病，会比她早死……这样未免现实了些，然而，她却悠悠地感到幸福的快意，浑然不觉来势汹汹的情海波浪。

　　人一兴奋，身子也轻了，她一蹬腿下了床，站到衣橱镜前，照照到底哪里长坏了，叫她晚年无依。鼻子短了？人中短了？下巴短了？看那和尚的派头，也很像一回事，说不定就是以前卜卦那个人，如今不干那泄漏天机的营生了。

她又想，爽然这种年纪，没有她，今生再无结婚之望；一个人不结婚，才真会晚景凄凉呢。胡思乱想间，忽然"啪"一声，灯亮了，爽然在镜里出现，负手笑说："照照照，穷照个什么劲儿，灯也不开，也不知道是不是真看见了。"

他伛着头，欣赏她镜上的脸。宁静脸一红，偏身走到房门处，把灯掣往上一推，熄了灯。她反剪着手搭在门锁上，瞅着他笑。她喜欢在暗里看他，轮廓还是从前一样深峻。他已经禁不起光亮了。

他踱到她跟前，笑道："干啥呀？"

她嫣然道："我没有煮饭，咱们出去吃。"随即开门翩然而去。

他们在一个有名的"大排档"坐下，要了两碗鱼丸米粉。摊里眺出去，漫街有许多半老妇人蹲在路边在铁盆里烧纸，一簇簇熊熊火焰，像一座座爆发的小火山，火光映得柏油路上仿佛胭脂留醉。爽然问宁静道："今天是什么节日，那么多人烧纸呢？"

正值老板把米粉端来，插嘴道："盂兰节嘛，今天。"

"哦，今天是旧历七月十五。"爽然道。

"对呀！"老板朝他一笑，又说，"慢慢吃。"便走了。

宁静舀了一匙辣油浇在粉上，好像碗里也烧着一簇火。她说："我们老家作兴放河灯，我也给我妈放过。"

提起老家，爽然未免感伤，怔忡了一会儿才起筷。

这时有一群人谈笑着横过马路，看模样像吃晚饭兼谈生意的商人。宁静轻呼一声："应生。"

爽然马上回头，一壁问："哪一个？到底是哪一个？怎么我看不出？"

她急扳他的肩道："喂，别使劲盯着看了，当心他把你认出来。他发胖发得不像话，你当然认不得了。"

爽然也不愿意见他，却故意怄她道："你那么紧张干吗？怕他看见我，丢你的脸？"

宁静一口粉刚下喉，差点噎着，气道："你一天不找架吵就不安心是不是？"

他吃米粉吃得唏溜呼噜地只不答辩，宁静又说："我只是怕他给你难堪，你想自讨没趣，尽管找他好了，我不管了。"

爽然竖着筷子道："我开玩笑罢了，你怎么那么认真？"

"你这种玩笑开得太大了。"

还有一层她没有说。要是应生知道了她与爽然的事，离婚之计，或会横生枝节。

她有点心烦，浇辣油不当心，浇了一滴在襟上，问爽然借手帕。

他看着她，用手帕裹着手指头，在那一滴油上摁了摁又擦了擦。她今天穿青灰旗袍，滚黑边，素淡可人，头发松松地绾成一髻，美人尖清晰地把额头分作两边。她这一向是瘦多了，回复以往单薄的线条。年纪关系，两颧长出一些棕黑斑纹，然而不大影响她的白皙。

她觉到他的目光，舞着手帕在他面前晃，他接了，她继续吃米粉，吃完了，托腮瞪着那火看。爽然笑道："我可不敢看，看得金睛火眼的。"

她微笑一笑，低头把汤也喝了。

一个月后，宁静替爽然在湾仔找到一间向阳套房，挨近菜市场的。湾仔多的是斜坡窄巷，菜市场那条街，一路走下来不觉得，回头一望，确是一条羊肠小径往下迤逦，仿佛从天上搭一道梯走下来，很有点天险的味道。巷道那样窄，两边的招牌几乎碰在一起，多是红白两色。

宁静本可中午也约爽然一块儿吃饭，然而她让开了，让爽然与同事打打交道。爽然要是下班有什么应酬，便打电话到家里来，说不回来吃饭了，而她真是他的主妇。她一个人，也会觉得长夜难熬，比不得在熊家总有些不论巨细的琐事冤屈气招她着恼。难为他一个人过了那么多年，她想。

她记得当年在东北，总是爽然来看她，她对他外面的事几乎无所知，她就是他泊舟的港湾。如今反过来了，他是她的港湾。港湾对海洋上的事亦毫无所闻。

她不大与爽然逛街，怕碰见熟人。熟人有，朋友她却没有。

就是当初随应生在商场上认识的几个阔太太，亦并无往来。她的地位让金慧美替代了。一个人失势，自然就没有人附势。

下午到爽然家，她都先买一紮花。姜花、兰花、或玫瑰。玫瑰她只喜欢深红。在花上溅泼一大掬水，露珠晶莹，添上秧绿的藻荇，新鲜艳烈的。叫房里也少一些暮气。

对付应生，她已拟好一套说辞，所以每天午后就出去，风雨不误。她唯恐她是一厢情愿，但那一次，她印象最深切。

那一阵子她经常失眠，给中环的一个西医诊治，开了药。那天中午她去拿药，下着雨，坐的是电车，没有窗玻璃，冷得只缩作一团。她无意中看见爽然在对面街上，没有带伞，过马路捧头捧脸跑着过，刚好电车临站停车，她一冲动，匆促下车，也没留神马路，张开伞就朝爽然奔去，爽然看见她了，紧向她摇手，她还没领会，就听得一声刺耳的巨响，一辆轿车在她身边刹住，离开仅有一二寸。她呆呆地立在那里，司机伸出头来破口大骂，凶得像要跑下来揍人。她余悸未了，不知怎办，仍旧颤巍巍地朝爽然走了去。那是在廊檐下，不需要撑伞了，她却仍把那灰格蓝边的伞递到他头上去。她看出他也吓坏了，脸青青地望她半晌，揽着她的肩走，手抖个不停，但是揽得她那么紧，恨不得把她嵌在自己身体里才好。那种感觉她一辈子都不会忘记。

十一月的一天，爽然不舒服，有点咳嗽，请了病假，宁静很早便来了。房东一家上班的上班，上学的上学，只剩他们两人。爽然半躺卧在床上，看着宁静替他打扫房间。她忽然想起什么出去了，顷刻端着一漱口盂的水进来搁在桌上说："开了一晚上的暖炉也不用水潮潮，干死了。"说完抹她的窗台去了。抹着抹着，她倚头看看，笑道："今天阳光倒好。"便没有下文，一径抹抹拭拭，抹完出去把布洗净了，折回门口说："我去买菜。"

爽然坐起来道："我也去。"

"你也去？"她脸上浮出一丝喜色，转念又道，"还是不要，外面冷，你又有病，回来病加重了就糟糕了。"

他已经在脱睡衣纽扣，道："算了吧，我没事，昨天晚上八点就上床了，再躺下去我非瘫痪不可。"

宁静只得由他，出去等他换衣服。

爽然还是第一次陪她买菜，她未免忧心，更多的却是兴奋。他很久没逛菜市场了，不住瞭东望西。宁静想买点鱼肉，快步向肉食店走了去，转眼却不见了爽然，店员问她要什么，她说了，一面撑脖子张望。肉食店前是一列菜摊，她隔着菜摊看见他了，也在驻足四望，她高兴喊道："爽然。"他闻声望来，咧嘴笑了。她觉得他笑容在这冬日的阳光是新奇稀罕的，不会再有。付了钱，她拐过菜摊，问他到哪儿去了，他说："那里有卖鹌鹑的，挺有趣，我看一会儿。"

冬天蔬菜缺乏，宁静勉强挑了点芥兰，正在上秤。卖菜的是个相熟的广东妇人，四十来岁，硕大身材，黑脸膛，一笑一颗金牙熠熠生辉。

她笑问宁静："这是你先生呀？没见过喝！"

宁静想她怎么那么鲁莽，笑笑，不言语。爽然却打趣道："今天公司放假，特地陪她来的。"

卖菜的笑道："应该啰，呵，陪太太走走。"

爽然只是笑。卖菜的又说："给点葱你。"便弯腰抓了一把，和芥兰一齐捆了，递给他们道："得闲来帮衬啦，吓！"

宁静走开了，爽然还大声答应道："好，好。"及追上她，她用肘弯撞他一撞，白他一眼嗔道："你今儿是怎么了你？是不是病疯了。"

爽然笑道："没疯没疯，你放心。"

她心里是喜欢的。

走到她平常买花的花摊，她问他道："今天买什么花？你挑！"

他指向一丛蓝色的兰花，答非所问地说："我死了，你就用这种花祭我。"

宁静噘嘴气道："你又说什么呆话？"

他不管她，说了下去："从此以后，这种花取名为宁静花，传于后世。"

虽然他说得嬉皮笑脸的，终究有点苍凉的意思，宁静汗毛直竖，拿他没办法，只作不睬，径自拣了几株黄菊。

回到家，爽然毕竟病体未愈，十分累乏，一声不响地进房躺下了。宁静也不去吵他，在厨房忙她自己的，偶尔听到他含痰的咳嗽，回想他今早的举动言词，不禁心荡神摇。他是默许了。夫妻名分，竟当众承认，倒比她快了一步。约莫时机成熟了，待会儿得试探一下。

宁静把剪子花瓶菊花，一应搬到浴室里弄。好半天总算把花插好了，捧到爽然房里去，经过客厅却见爽然在那里看报，便笑道："哟，坐起来了！我以为你还在躺着呢。"

她进房摆好花瓶，取出围裙，边出来边系，边系边道："你不是累吗？怎么不多睡睡？"

系完又到浴室把残梗剩叶料理掉，替他解答道："不过睡多了反而更累。"

爽然一直维持看报的姿势，听着她的声音从近而远，远而近，不过最后是远了。眼看她走入厨房，便挪开报纸问道："你又要忙什么？"

她似乎认为他问得奇怪，瞪目道："烧饭呀！"

"还早嘛！"他说。

"你昨晚上没吃什么，今早又出去逛了一圈，想你一定饿了，不说你，我也有点饿了。"临进去，又说，"你病也吃不了什么，我弄个简单的。"

做着菜，爽然到厨房来看她，手肘挂着门框，手掌扶着头。

她睨他一眼，道："看你脸色都是黄黄的，炖点什么给你补一补才好。"

爽然不以为然，说："怎么？学广东人讲究那些了？"

"那些东西也有点道理。"

"那么贵的东西，我吃不起。"

宁静不反应他了，免得他敏感，又吵起来。大概他想到钱的问题。他吃不起，她会供。用她的钱，就是用熊应生的钱，就是看不起他林爽然。他的小心眼儿她都摸熟透了，弄得她也有点敏感分分的。

她做了姜葱清蒸石斑，还有大酱，给爽然下稀饭的。他见她给自己端的是稀饭，问道："你怎么也吃稀饭？"

她说："行了，我也吃不了多少，省得另外麻烦。一个人的饭，只有一个锅底，你叫我怎么做？"

两下遂都不言语了。默默吃了一会儿，宁静笑道："难得跟你吃一次午饭。"他笑着点一点头。她想讲一些试探的话，一时想不出来，估量估量，还是吃完饭再作打算。万一一言不合，驱走了他的胃口，反为不美。

吃完了，收拾起桌子，她心里还上上下下的，剥橘子的时候，把那网似的东西都细细撕去，一绺儿一绺儿地撕。

她镇镇心神，终于吃力地说："爽然，其实，以现在的情形，我要离婚的话，是轻而易举的。"顿一顿，她又说："应生不会留我的。"

宁静对自己的家事从来缄口不言,她这一提,爽然立刻生了警惕。

他不反应,使她感到难堪。唱独角戏,唱不下去的。她只好摆明了态度:"你的意思怎样?"

爽然吐了两颗橘子核,轻咳两声,方说:"小静,别做傻事。"

被他一口回绝,她简直应付不了,冲口道:"为什么?"

"我不值得你那样做。"

他这样答,她就有得说了:"值不值得,在乎我的看法。现在是我要跟你,又不是你要我跟你。"

她想逃避熊应生,他知道。他只怕这是她希望改嫁他的原因。这些爽然只在心里过一过,没有说出来。

"这事情本来很容易,为什么你觉得那么为难?"宁静说。

爽然皱眉道:"小静,跟着我对你并没有好处。"

"至少比在熊家快乐。"

"快乐也不会有。"

她又恼又急,说:"你由我老死熊家?"这是近乎逼迫威胁了,她懊恼不已,语气软了下来:"你不要怕养不活我,我可以出去做事。"

你能做什么,他想。

"我没有问题的,只看你愿不愿意。"她说。

爽然道："不，小静，我一个人沉就够了，我不要你也跟着沉。"

"爽然，你这样的人，我是没法把你提起来的，我能够做到的，就是陪着你沉。"

话说到头了，他没法辩驳，有点不胜其烦，站起来踱到窗前，久久不动。

她走到他旁边，昂首凝注他说："爽然，我对你的感情，本来就是自暴自弃的。"

他的脸上起了一种不可抑制的震动，喉骨不断上下起落着。她以为他被她说动了，眼光中充满企盼。然而，他说的是："小静，我想，你只是一种补偿心理，补偿你当初……"

"没有，绝对没有。"她极力否认。

"好，就算没有……"他鼻孔里呼出一柱气，别过脸来看她，道，"我们这种年纪，要求的不过是安稳和舒适，再也不可感情用事。"

"跟着你，就不会安稳和舒适吗？"

"不会。"

他又望向窗外，两手直撑在窗花上。此刻方是正午，下面一律横街窄巷，没有什么行人，也是寂寞的。他神情里有一种茫然，声音里也有，向宁静说："我有病，会早死。"

这句话，她听了悲恸欲绝，掩面哭起来。爽然像以往一般揽紧她的肩，拍她哄她别哭，声音再度静静响起："或许，一个人，要死了后，才能真的得到宁静。"

今天宁静和慧美拗点小气，不到四点就来了。好在钥匙总是她带着，因为平日都是她先来。照理房东的孩子该在家，但他们常到街坊别的小孩子家去玩。

　　雪柜里有备下的菜，不用去买，她闲着无事，找来纸笔给小善写信。写信的当儿，爽然打电话来，说公司有事，晚点回家，叫她不必做饭了，叫她等他回来一块儿出去吃。她连连道好。写完信，贴了邮票，顺便出去寄了。深冬时节，才五六点就暮气浑沌。她寄毕信回来，觉得异常气闷，连鞋躺在床上，脑里空无一物，只听得房东家上班的都陆续回来了，出去玩的孩子也回来了，绕着屋子奔走笑闹。杂乱声中，她听到一缕琴音，不知是属于哪个方向的，清越秀细地传来，其实不过是普通的音阶练习，然而，此刻听来，是那样叮咚清晰，仿佛是只单单弹给她听的，又仿佛是天堂那里的。她不知不觉间睡着了。

　　睡梦中，她感觉到有人吻她，张眼原来是爽然。她伸手让他拉她起来，他正俯视着她。房门没有关，外面的灯光烘托出他的人影。他的轮廓始终没有变。短瞬间，她有无限熟悉的感觉。

　　"回来了？几点了？"她说。

　　"九点。"

　　"哟，那么晚了！"她惊叹一声，慌忙起来，借外面的光对镜拢一拢头发。

"小静。"爽然喊道。

"唔？"

"我明天得出差到美国去。"

她停了动作，豁地转身向着他，道："什么？"

"我明天出差到美国去。"他重复一遍。

她轻啊一声，听明白了，有点发怔。事情来得太突然，使她加倍地怅惘。

"怎么会那么急？"她问道。

"本来是另一个人去，他临时有事，换了我。今天才接到通知，所以搞得那么晚。"

"要去多久？"

"说不准。"他犹豫一下又说，"两三个礼拜吧！"

"明天几点飞机？"

"早上八点四十分。"

她又啊一声，猛然醒悟什么地说："那我得给你理衣服。"说着就要去开灯。

爽然拦着她道："甭急，我们先去吃饭，回来再收拾好了。"

"也好。"便去披上大衣。随他出去。

她以为只在附近哪个小饭店随便吃吃，他却径直截了计程车，到铜锣湾。

那里一带相当冷僻，又是在这样的冬日夜晚，简直鬼影都无，只有两家餐厅亮着灯。

他们进了天河餐厅，爽然叫得非常丰富，宁静要请，当作替他饯行，他无论如何不肯，两人争持不休，最后还是爽然给了。

出得来，夜又深了一层。两人都吃得热呼呼的。冷风一吹，有一种说不出的畅快之感。

通往大街的一条道，两边的门面皆用木板钉死了的，板隙里窥觑，里面黑洞洞的，也窥不出什么来。可能以前是商店，他们循步在那条道上走着，渐渐走到了海堤。

黑暗中的维多利亚港，广漠神秘，叫人怀疑那底下有什么可怕的东西，不敢多看。渡海的小轮悄悄地滑过。九龙那边的海水则是多姿多彩，反映着九龙的霓虹灯光，在这凝冻的空气里，仿佛一块块不同颜色的透明冰块。

她穿的是黑缎面绣大红菊夹棉旗袍，罩着大衣只露出一个领子，缎面微微反着光。他凑近了看，问道："什么花？"

"菊花。"她说，笑着两手从口袋里把大衣掀开让他看，一掀开，又马上掩住了，说，"冷。"

他靠紧她走，隔着厚厚的衣服，对彼此的体温都有点隔膜。她把手插到他口袋里去。两只手皆是冰冷的，碰在一起，触电一般，那寒意很快地沿着手臂传到心房，两人都受到震动。而手上的感觉还是切实的，手握着手，肤贴着肤，只觉得是在一起。

到了家，宁静催他去洗澡，他瘫坐下来道："唉，懒得洗。"

她说:"不洗怎么行,也不嫌埋汰,明天还得坐一天飞机,想洗也没得洗,岂不脏死。我去给你开暖炉。"

她去了回来,他依旧坐在那里,她把换的衣服往他怀里一塞,拉他起来道:"去,快去,我给你理行李。"

她动作快而有条理地替他收拾,不一会儿,他提着暖炉进来了,在房里插上掣。

她说:"皮箱有地方,你看还有什么要带的,都塞进去。"

爽然四处检视,搜出许多杂物,把一大一小两个皮箱填满了。

宁静笑道:"房里什么都不剩了,倒像搬家似的。"

爽然没有表情,她接着说:"对了,你去美国什么地方?"

"三藩市。"他说。

她松了一口气这:"还好,那里好像不落雪,要不然你一件防雪的衣服都没有。"

爽然把行李挪到房角,又把机票文件拿出来理一理。宁静趁这空当到厨房烧开水,装了一壶热水袋,放在被窝里焐着。待她理完了,她说:"好了,睡吧,明天还得起早呢,被窝焐暖了。"

他脱去睡袍躺进来,两只脚正好搁在热水袋上。宁静笑问:"暖不暖?"

他笑着点点头。她待要走开,他探手拉住她道:"要走?"

"关灯。"她笑道。

他才放手了。

她回来在床沿坐了一会儿,看着桌上的荧光钟,说:"真该走了,晚了。"

刚起身,他又探手拉住她,似乎不胜依恋,却又不说话。她想大概要走了,舍不得。

"怎么的?"她问道。

"你……今晚上……留下来吧。"他说,喉咙有点哽咽。

宁静心里突地一跳,独独望着他的眼睛,就是在这黑暗里,她也能看出他眼中的殷切。她软弱地推辞一句:"这么小的床,怎么睡得下。"

他握着她的手只不哼声,她低头单手解了扣子,对他说:"你得放手,我才能把棉袍脱下来呀。"

他这才松了手。她褪了棉袍,忙不迭地躲进被窝。床小,两人贴得极近。他触到她丰腴的身体,心中升起一丝满足。

宁静拍拍大被子说:"这个要不要带?"

爽然失笑道:"这个怎能带,又沉又占位子,我冷的话会自己买。"他接着又说:"别忘了我是东北人。"

"但你的身体不比以前了。"她道。

他换个话锋说:"你明天不要送了,有公司的人,见了面不方便。"

"那也是。"

两人各自想事,都不讲话了。

良久，宁静道："赶不赶得上回来过年？"

他叹道："不知道。"被里把她的手又握又捏，又放在两手间搓。

"咱们总算一夜夫妻了。"他说。

"唔。"她还要和他永远夫妻。虽然他表示他不愿意她离开熊家，但看他今晚上的不舍之情，就知道他还是爱她的。她不能不作破釜沉舟的打算。索性和熊应生离了婚再说，到时候她无家可归，爽然不会忍心不收留。她不能不逼着他点儿，他太为她设想了，所以她才更要为他牺牲。

两人偎得更紧一点。

爽然说了最后一句话："我会写信给你，你到这里来拿。"

宁静侧过脸来吻他，吻他的嘴角，吻他的颊，他的颧，他的眼角，唇间涩涩咸咸的，是他的泪。

爽然一走，宁静也不能就此待在熊家，将来和应生翻脸了，说不过去的。因此仍旧把一些闲书带到爽然那里看，甚至故意比平常晚归。房东难免满心纳罕，但人家既是未婚夫妻，男的出差，女的相思难遣，到这里来寄情旧物，也是有的，便不再理会。何况这女的一派娟秀，十分讨好，又出手阔绰，经常买一些饼干果品给他们家。

熊家是西欧风的复式房子，廊深院阔，门前一带花径，种着不同名目的花草。近门一棵大榕树，直参高天，正好盖过她二楼的睡房。夜晚起风，望出去叶密须浓，挛挛瑟瑟，招魂一般。宁静每回去总觉得是"侯门一入深似海"。

爽然离了二十多天的一个晚上，熊应生穿着金缎睡袍，抽着烟斗，大刺刺地跷腿而坐，在她房里等她。宁静一见就讨厌，摆什么架子款式，还不是活脱脱一个发福得走了样的铜臭商人。她毫不畏怯，直挺挺地走了进去，顺手把门带上。

戏上演了，他站起，第一句台词是："回来了？"

宁静木着脸，把大衣脱下挂好，纳入柜中。

熊应生冷笑，发话道："这一年来你忙得可乐了？"

"托你的鸿福。"她反应快捷地说。

"你到底干什么去了？"他忍不住带入正题。

宁静轻蔑一笑，口舌上头他一辈子也休想赢她："你有心管的，为什么不早管？"这一直是她的疑团，先把它解了，好对付一些。

应生一时语塞。他本来早就要干涉，都是慧美劝的，万一误会了，反而自己落个没趣。他自然也揣摩到慧美的私心。让他和宁静嫌隙加深，把宁静休了，她好扶正。名为侧，实为正，当然比不上名实皆正来得诱惑。

他只哼声道："我只是给你面子。"

宁静见他来势弱了，应声道："哟，那我真是一张纸画一个鼻子——面子好大。"

应生不欲拖延，摇手道："好了，别打岔了。你到底是干什么去了？"

　　宁静立刻慎重措辞。她不知道是不是有人看见她和爽然在一起，给他打了小报告，他来套她的话。万一他打发人跟踪了她……她心中转念，说话且不说绝，好有余地转圜。

　　"你以为我干什么去了？"她先晃个虚招。

　　他故意气她道："我以为你养了个姘头。"

　　这是极大的侮辱，她却抱手笑道："那是承你看得起。连你熊应生都不要我，还有人会要我吗？"这一来连守带攻，把熊应生也贬低了。

　　应生气得吹胡子瞪眼，没她奈何，吱呼吱呼地抽烟斗，梗着脖子不说话。

　　宁静肯定他确不知情，便道："好，我告诉你，我找到工作，上班去了。"

　　这个他也曾料想到，且不发作，问道："什么工作？"

　　她自嘲道："你说我能做什么？"

　　他倒认真地思索一下。听家里佣人说，她出入总带书，难道是教书？不可能。她资历不够。而且也没有见她暑假放假，上学也没上到那么晚的。教人讲国语，也不对，她讲的是东北口音。那么最像的还是在报馆写文章。她平常爱看闲书，肚里想必也有一两篇文章。报馆多的是晚班，比较不计较资历，而且有人在湾仔见过她，她最近又打扮得比以往光鲜了，种种情况凑合到一块儿，愈想愈像。果真如此，倒要防她一防。笔锋无情，万一她怀恨在心，给他的中药行来个大抨击，可不是玩的。虽然她力量有限，然而，将来她文名盛了，说的话有了分量，再打击他也还不迟。加上他最近接收了一批假的人参鹿茸，要是让她得到消息，添上一笔，到那时候，局面可不好收拾。

他一个人在这里想得暗捏一把冷汗，几乎忘了还没有证实，便问道："你可是在报馆里写文章？"

宁静心想，他问得太直了，口上却顺水推舟地说："你猜得一点也不错。"

他眉毛一剔，又说："你写的是什么文章？"

"小道文章，不入你的耳目。"

"用的可是真名字？"

"你放心，用笔名。"

"哪个报纸？"他想看看有没有认识的人。

她参透了他的心思，干脆揭发道："怎么？想打掉我的工作？"

他表明态度道："小静，我劝你把工作辞了，你又不缺钱用。"

"可是我闷得慌。"

他勉强耐住性子说："你可以找别的消遣。"

她倔绝地道："对不起，我没本事，找了十多年了，还没有找着。"

他转一转脑筋，想在钱上逮住她，便道："你既有工作，我过去给你的零用钱倒是多余的了。"

"这个你放心，钱嘛，谁也不嫌多。"

应生拿出他的威严，说："够了，我不想多费唇舌。你还是把工作辞掉，乖乖的做你熊家大奶奶吧！"

"不！"宁静不打算松懈。

"难道你忘了我跟你说过，熊家媳妇儿，从来不许出外工作的吗？"

"我凭什么要听你的话。"

应生大怒道："你是熊家人，就得听熊家的话。"

宁静马上见机起义："就可惜我是熊家人。"

"哦！"应生抽一口烟斗，慢条斯理地说，"原来是这个问题。那好办，我跟你离婚。"

他想提出离婚，宁静也知道靠她那一点点工钱，必定养不活自己，光这一点，就可逼她就范。真的离婚也未为不可。夫妻决裂，弃妇怀恨，在报上对他的弹劾，旁人只会视为恶意编造，认为不足信，那么就起不了作用了。

宁静这一边，心计得逞，欢喜万分。却不可露出喜色，让他窥出她本有此心；但亦不可轻言拒绝，防他一时心软，临阵退缩。只得脸色凝重，坐在床上发愣。

他重申旧请道："你还是把工作辞掉的好，何必把事情搞大。"

"不！"这一声不，她说得像骑虎难下的样子。

他以为她好面子，不肯屈就，便让她自食其果，道："那么，离婚吧！”

"我要赡养费。"她是为爽然着想，免得他负累太大；而且在应生面前，太不看重钱，也不合情理。他小人之腹，必会起疑。

他想一来她自知外面生活艰难，二来企图勒索他，不给她钱，在文章里下功夫。给些钱，摆脱了她，也是两全之策，又可取悦慧美那边。

"好。"他爽快地答应了，又道，"数目迟点儿斟酌，我累了。"说毕遂起身离去，开门要走。

宁静忙说："我明天就走。"

他捉摸她是没脸见人，寄宿到同事家，便大大方方地说："那么，我们电话联络。"然后带上门走了。

次日一大早，她把东西收拾好，准备到爽然家。可是把行李搬去，房东面前不好解释。说不得，只好先放在这里，将来回来取，料那熊应生也不会拦门不让。一切想妥当，她便先带一些必需品到爽然家去，等房东下班回来，可以说家里来了外国的几个亲戚，挤不下，她只得先到未婚夫这里住几宵。

到了地方，一室阳光，蓝天无极。她安坐椅上。不住为未来的日子计划着。爽然去了不止三个礼拜，应该快回来了，他一定会为这突变而狂喜。她倒真的要找一份报馆的工作，应生的赡养费，留作孩子的教育费，她和爽然的孩子。她禁不住开心雀跃，找来纸笔，写道：一九六五年一月六日，林爽然和赵宁静……

正待续下去，却听到门铃响，是送挂号信的邮差。信是给她的，上贴美国邮票。她高高兴兴地签收了，急不及待地拆开，里面只有寥寥数语，说他不回来了，留在美国那边，叫她不必等他。

她这时才走到房门，一阵晕眩，马上扶住门框，浑身抽搐，把信捏作一团，眼前什么都看不清了。她冲冲跌跌地踉跄到窗前，两手死命攫住窗花，一头扑到玻璃上大哭起来。哭着哭着，声音都哑了，她望望窗外，蓝天还是极蓝的，她却感到绝望。想不到机关算尽，到头来却好梦成空。回想爽然临走前夕的情形，他显然决念此去不返，她竟毫不知觉。也许根本连出差都是骗她的，他辞掉工作，一个人到美国过日子；也许他真是自动请调到美国的；也许他是真的出差，以后再回来，也避她避得远远的，从此咫尺天涯；也许他私下写信到美国求职，事成了再辞去现职……有几千几万个"也许"，但没有一个再与她有任何关系了。她可以打电话上他公司查，然而，查它作甚。他存心临走跟她一夜夫妻，报答了她。他到底承认了她是他今生的妻子，那么她还有什么好要求的。

她痴痴地望着窗外。老式的楼房，窗框一例漆绿色，用宽白胶纸对角糊个大交叉，防台风的。里面朦胧现出高矮不一的瓶瓶罐罐，较低的一层环筑了一长条露台，也是绿的，一弓弓铁栏杆像雀笼的支架。栏杆里搭着破烂的晾衣竿晾衣绳，此外有小孩骑的单车，几盆濒死的盆栽，以及其他的拉拉杂杂。说也奇怪，其中一个石盆，竟娉娉嫋嫋长出一枝大红花，鲜明夺目，想是投错胎的，以后也就身世堪怜。不久，一个瘦小老妇伛着身子出来晾衣服。晾完一件又进去拿，教人不明白她为什么不连盆捧出来。宁静看她看得入神，只见她慢腾腾地晾一条灰灰的小孩内裤，也不十分灰，仿佛原来是白的，穿脏了。老妇没有再拿衣服出来，手里却捏着一个面包，饶有滋味地嚼着，边嚼边蹲下来俯瞰下面的街景。偶然一仰头，发觉宁静在看她，摇摇头不理会，一径嚼着，不时翻眼瞟瞟宁静，好几次，似乎生气了，甩头甩脑地走回屋里去，再也没有出来。她晾的衣服各自闲闲地飘曳着。

今天好风，衣服想必很快就会干的。宁静的眼泪，很快的，也就干了。

后记 车痕遗事

盛世之痕

摇啊摇，摇到外婆桥。

外婆家住东北方，白山之下黑水旁。

光绪二十一年生，辛亥之年满清亡。

深闺待字受庭训，不识五四新文章。

缠过小脚又放大，习得厨艺一技长。

媒妁之言嫁地主，元配夫人当灶娘。

好酒好菜他人享，落得老爷娶二房。

年华四十方弄瓦，客死衡阳湘水乡。

不是红颜也薄命，为谁一生烹调忙。

小时候我若调皮惹毛了母亲，一声"王八犊子！"便毫不客气劈面招呼过来。后来我才知这句话可释义为："你是乌龟生的。"

牛生犊子鸡生蛋，哺乳类牲畜的小儿称犊子。小牛叫牛犊子，小羊叫羊犊子。可乌龟生的是龟蛋呀！这可叫我相当费解了。东北人骂人偏偏要说"犊子"而不说"蛋"。有一说是因为东北牛羊多，母牛母羊生孩子的惨烈状看多了难免要替做娘的出口气，便左一声犊子右一声犊子骂得顺口。明明是"滚蛋"，东北人要说成"滚犊子"。明明是"扯蛋"，东北人要说成"扯犊子"。而明明王八生的是蛋，东北人却硬要说成"王八犊子"。

母亲对家里每个人都有个专用土词儿。我是"隔路"，脾气古怪，该往东来偏往西。父亲"蔫巴"。蔫音黏，一声，植物晒干瘪了那副垂头丧气状便是。家里雇的帮佣都"没谋儿"，做事没章法乱来一气。母亲给自己也预留了一个——"划不开拐"，死脑筋，遇事不懂得拐弯儿。有一组词全是二字头的：二虎、二百五、二愣子、二虎八鸡。要编派人低能白痴，从这里面挑一个。

经过近半个世纪的广东化，母亲的家乡话走样走得很难看，北方口音虽保住了但东北腔和俚语没保住多少。她现在讲的是一种口音混乱的四不像混血语，就连东北同乡也听不出她是哪里人。

母亲会跟外边说她是旗人，因为外婆她是。世袭正黄旗燕囍堂刘氏，朝廷出公告有快骑到刘府贴黄报。拥有八旗旗籍的市民称旗人，而所谓八旗是清朝建国之初即存在的一种军事及户口编制，旗式有四色，从四色又衍生出四款镶边，合称八旗。经多次扩展改编，除满族八旗外又有汉族和蒙族八旗，因此旗人未必都是满族人，不过外婆确是女真族裔。刘氏是满姓经汉化后的姓，原来的姓氏已不可考，只知一习惯是取满姓第一个字声母的谐音作汉姓，因此改姓刘的以留佳氏最多，次为钮祜禄氏。清朝近三百年的统治是个满人汉化的历程，自清初以来满人弃满姓取汉姓的极多，刘家到我外婆这一代已彻底汉化，受的是汉人教育，外婆从小念的是汉语教科书，三字经、百家姓、诗云子曰，唯有从她呼娘的一声"诺诺"和喊爹的一声"阿玛"，才听得出她是满人了。

外婆娘家在沈阳小东街，离夫家不远，原先从哪里搬来不得而知。毗邻沈阳东边有煤都之称的抚顺曾是满人聚居地，说不定能找到刘家的旧时邻居。从此地我回溯母系血脉到夷族祖先一度生息繁衍的繁殖地，因无族谱史可据，只笼统插旗在国之东北，黑水白山之旁。黑水黑龙江，白山长白山。在水之湄，在水之涯。溯洄从之，溯洄游之。在那里曾经有个古老民族叫女真族，但最早不是叫女真。远古时期称肃慎，后又称靺鞨、勿吉，经多次征战吞并至五代苗壮成骁勇善战的女真部落，建金灭宋，至公元一六三六年皇太极建立大清朝方有满族。其驰骋版图一度远及内蒙和中苏边境，东濒东海，南接高丽，西至松嫩平原，北至乌苏里江。幅员涵盖今日合称东三省之黑龙江、吉林、辽宁。天然土色作深黑故称黑土，富美肥沃种啥长啥。沃壤平畴，江阔河长，嘉谷珍禾满丘谷。因此也造就了它自古为兵家必争之地，数千年来迭遭兵燹战事频仍。高粱红来大豆黄，遍地金银招列强，辱国条款频割让，安得战士保江山。曾经女真先民在那片极北之地策马射雕，屯田播种。在那片大平原上他们春猎秋狝，草场练兵，铁马金戈逞豪强。我追逐悠悠年光越长城，出塞外，道阻且长道阻且跻，在那里我找到母亲儿时跑过、笑过、生活过的家园，她童稚时代的物影残光。

旧时箱笼旧时衣。母亲小的时候外婆的旗服还有好多件，扬扬大袖，宽摆微撇成外八形。蓝底明红，紫底黑青，一条黄一条绿滚出极宽一道彩虹边。清亡后再没有穿过，她裁开来给母亲做衣服，一只袖子做得一件小孩长衫。母亲看过她穿旗服旗头的照片，也赶时髦拍过文明照。歪戴英式蝴蝶结贵妇帽，两件式呢料短西装外套及荷叶长裙裹柳条身，腋下夹本书，一手拄文明棍。清末民初的赛璐珞现形记。刚发明不久的柯达黑白胶片的显影中，八旗的显赫家世不过是个从四色变单色的梦。

至今她的生辰成谜，因为她从不做生日。年幼的母亲问过她，妈你什么时候生日呀？外婆紧紧张张打马虎眼：没有没有，过了过了。母亲后来听外婆的一位堂嫂说，外婆比外公大三岁。妻比夫大是她引为极大忌讳的事，遮遮掩掩像患了暗病，不做生日是为了怕穿帮。和郭家议婚时想必交换过庚帖，因此老一辈的亲戚有的知道，但也只知道是大三岁。外公的生日是清楚的，如果那亲戚记得没错，外婆应是生于光绪二十一年，属羊。但她又跟母亲说过她属鸡。

中国进入社会主义年代之后她开始懂得跟外公吵嘴，但之前的大半辈子她是个典型的旧式妇女，大门不出二门不迈，木讷寡言难得说一句完整的话，毕生唯有一技骄人奉献不尽，烧一手好菜不输御膳坊。母亲遗憾没得一丝真传，每说起外婆做过的菜式总是赞叹又惆怅，津津乐道数十年不倦。夏天茴香出来外婆会包茴香饺子，大小合度一口一个，皮薄又筋道，透绿透绿一口咬下满口喷香。馅里加海米，掺芹菜，肉要末不要剁，剁成泥不好吃。末是切细丁的意思。瑶柱土豆丝羹也是她拿手的。瑶柱丝、肉丝、土豆丝，都切得极细。土豆丝用花刀切有花边的，油里煎得金黄。最妙是鸡蛋丁。蛋白跟蛋黄分开蒸熟切丁，黄的黄白的白，漂在汤面煞是好看，上面撒几绺蒜苗便黄白中夹点淡绿。蒜苗自己种。用细绳把蒜头串成串，大圈套小圈摆好几圈置浅水里，养水仙般，没几天便看见小苗冒嫩黄尖。豆沙包算粗东西，但外婆有本事做得细，豆沙煮熟去皮，用油慢火炒至起沙，少少掺点青红丝，即外面买来的染色醃梅子丝，吃着那豆沙包便有丝的口感。母亲又常说起一种大连海域来的对虾，在菜场里常是捉对儿卖因而得名。外婆把虾煮熟了用细草绳穿过虾身吊在檐下，圆弓弓一只只通体晶红在风里晃，母亲饿了摘下一只沾椒盐吃，肉味鲜美虾膏腴肥，用来做面汤汤头粉红粉红。

算不得钟鸣鼎食豪门宴，却是鸡鸭鱼鲜度丰年。葱花缸炉，芝麻火烧，炸麻花，蒸发糕，糖玫瑰馅、苹果泥馅元宵，麻酱花卷，油渣饼，鸡胗鸡血锅，地瓜焖牛腱，面疙瘩汤。数不尽的家乡的意象与气味，铭印在母亲的味觉里成为一生的饥馋饿饱的记忆。饱足的记忆都来自无忧童年时。家里饭菜不可心她就不吃，厨房得给她另做精细的，用里脊肉小炒一碟肉丝给她下饭。厨子气得边做边开骂："这个晌午错，这个那个这个那个的。"母亲小时眼珠有点偏，像太阳不在晌午的正位上，因得了晌午错的浑号。又或是家佣给送饭到学校，全班同学包括老师在内全都围上来观赏她的奇门菜色，圆筒翻边的意大利通粉只那家俄罗斯人开的秋林公司有卖，用鸡丝清汤煮，加菠菜丝瑶柱丝。有时是外婆做得恁精致的肉包子和麻酱火烧。吃惯了不稀罕的母亲全部分给同学，自己吃换来的窝窝头。

我捡拾零星家常牙慧，星星片片拼贴盛世丰年图。上山摘白梨，下河抓小鱼，垄间烤黄豆，冰地坐爬犁。母亲家最早有冰镇水果吃。方形大木桶有半人高，内壁码上一层铁皮，上掀式盖子，每天有人运来干冰放桶里。西瓜、香瓜、杏、梨、枇杷、苹果、葡萄，一落落堆冰上，那就是冰箱了。每年春夏二度回乡下过年、避暑，相当于现代人去别墅度假。先从沈阳乘火车到营盘，佃户驾着四挂大马车来接，马蹄得得敲过柏油大道，路上经过一条河就是浑河，从河南过河北一路远山近水，稻麦田垄看不到头，山上树花开，远远看见炊烟就知道三家子村到了。

有道是十冬腊月冻掉下巴，阴历十月天就冷了。年二十三过小年，送灶王爷上天。这天杀猪磨豆腐。大清早把毛驴蒙上眼睛拉磨，佃户阿嫂不时往磨眼里添泡好的黄豆和水，磨下放个桶盛磨好的豆浆，到了下午用大锅熬煮。母亲馋豆皮吃早早就跑去灶边等着，佣人用长竹把豆浆表面新结出来的豆腐皮挑起来放碗中，母亲撒上葱花拌辣酱吃得好香。这天晚饭一定吃水豆腐，尚未压成方块的不规则豆腐块，用咸菜肉末辣椒酱做调料，几十个人就在佃户家炕上热热乎乎吃个痛快。

杀猪有炸猪肉吃。厨子在厨房用肥猪肉炼猪油，母亲跑去灶边把一薄片瘦肉扔到猪油里炸得香香的，又吃炸猪肝跟猪"连筋"，吃得一嘴油。厨房忙得灶火燎天大盘小盘盛着不同作法的猪肘子、猪耳朵、压猪脸、皮冻、灌粉肠、血肠。末两样都是煮好了切片蘸辣酱吃。当晚请客吃猪下水，即猪内脏做的菜，像酸菜血肠粉丝锅。年三十吃胖头鱼。一种松花江出产的胖大如猪的淡水鱼，头两天从仓库取出融冰，头尾切下来红烧，大盘子上拼一条完整的，年夜饭的年年有余。吃过年夜饭就包饺子，叫捏元宝。小小的三角形饺子里面裹红枣、沾果、栗子、白糖。包完饺子去洗脸，换新衣新鞋，大人封红包。正十二点放鞭炮，小辈拜年，长辈给压岁钱。亲戚妯娌全来了，有的一进门老远叭哒一声跪下磕头唱喏，五爷爷五奶奶给您拜年来了，祝您财源广进身体健康万事如意呀。吵儿巴火喧嚷一阵便煮元宝消夜，大人小孩各适其适玩纸牌、打麻将、玩升官图，村子里鞭炮一夜烧不停。农闲时好作乐，仓库里的储粮够吃一冬天。炼好的猪油一缸一缸，鸡蛋一筐一筐，高汤一锅一锅，豆包馒头堆似山。用盐水腌泡好的酸菜放厨房里防冻坏。猎户送的山鸡雌雄捉对吊一屋檐，冷风吹得彩绿羽毛翻飞，吃到春天都吃不完。最早开花的是狼狼狗，就是现在年宵花市上有卖的银柳，河套两旁狼狼狗开花就知道春天来了。

我最早有印象的歌之一是《长城谣》。母亲坐钢琴前按玩琴键，我挨她怀里和唱："万里长城万里长，长城外面是故乡，高粱肥，大豆香，遍地黄金少灾殃……"

不知高粱长什么样，不知大豆怎么个香，可那半点也没妨碍我把那片长城外的土地封为家乡领土。闲来无事我把从母亲处听来的儿时情节反复把玩像重复听一张一道声轨的唱片。在说故事与听故事间我成为母亲亲密的共谋，矢志效忠母系血脉。有很长一段日子我完全忘了自己的父系根源，碰到有人问起我就说：我是东北人。每当填写表格的籍贯栏，我心中总别扭万分好像我没讲真话。我完全相信，当我那来自印尼昆甸的父亲起而响应祖国的号召，从出生地漂洋过海来到南中国海彼岸，他不过跟我一样是在追逐一个美丽遥远的幻影。一生一代风雪女，冰为魂魄玉为骨，蛮柳细腰眉若絮，菱枝弱质窈窕姿。父亲来到中国大地是为了闻一闻家乡泥土的气息，为了，江山与美人。他早在印尼的华侨学校学了一口流利的国语，准备好跟一个东北姑娘谈恋爱都绝无问题。气血方刚一少年，穿州过省北上辗转考上沈阳中国医科大学第四十四期，并在那里邂逅他未来的妻子号称有满族格格血统的高材生，而毕业那年他们就结成夫妻。母亲的脚步自此总是朝着南方走。她跟随父亲一路往南行，往南行，牵着姊姊抱着我，走走停停迁迁绕绕来到了香港这个四季如春的英国殖民地。

家乡，什么是家乡？家乡是天苍苍，野茫茫，风吹草低见牛羊。一抹晚烟荒戍垒，半竿斜月旧关城。家乡是逢年过节母亲的三分钟怀旧，突然又听到母亲骂我一声"王八犊子"好熟悉的骂儿话。家乡是东北的大地河山在我梦中成形，朦胧间一个少女的身影出现在茫茫雪地，月白肌肤，月满轮廓，睫护秋水，眉含孤清。北方有佳人，绝世而独立——我认识真正的母亲之前的母亲。我的梦母，北国无名女。

乱世之痕

摇啊摇，摇到外婆桥。

外公家住浑河湾，生逢乱世多灾殃。

富贵荣华梦中梦，纨绔子弟苦初尝。

伤国事，何蝴蝶，忍教红楼火中葬。

风吹纸灰扬，眼角泪汪汪。

说什么高粱肥，大豆香，谈什么美酒佳酿满金觞。

家毁儿孙散，欢乐不久长。

鲜花鲜果旧时芳，却是皮腐肉烂生蛆虫。

恨家邦，爱家邦，情知无计敷祖望。

君不见，今宵佳节狂歌醉舞地，明朝便是公审批斗行刑场。

恩已绝，情已断，石头遗字诉沧桑。

母亲记得八路军进抚顺市那天，全城静悄悄，家家户户都拉上窗帘像抗战期间防空袭般。街头巷尾沸沸扬扬传了好几天八路军要来，但没人知道是哪天。尽管八路军这时已改编为中国人民解放军，简称作解放军，但这里的老百姓都还没改过口来。早上外婆首先听见踢蹋、踢蹋、踢蹋的军操声由远而近，两人打帘缝里看见一队兵齐刷刷走过，威名赫赫闻名丧胆的八路军人，不多的十几个，荷着枪，浅黄军服，穿过空落落没人的街道。那就是八路军，外婆说。一眨眼间便过了去，踢蹋踢蹋踢蹋踢蹋。十一月的初冬阳光照满路面，好平静的过场，一点不觉得是重头戏。窗帘放下房间重陷黑暗。外婆不敢上街买菜，母亲不用上学，几天前老师就通知暂时停课，没说明原因。这会儿知道了，是因为八路军。

外公也想过逃。逃去北平，逃去台湾。早几个月国民军在长春被围时他的四哥和六弟都先后飞去了北平，打算等局势平静了再回来。有条件走的都走为上策，在北平等船去台湾，或住下来静观局势。普遍的想法是东北就算不保，北平有傅作义将军在应该守得住，最坏不过是日本人进占东三省的事件重演，最后总能失而复得，可是坏消息不断传来。一九四八年十月，长春解放了，外公要带母亲去照相馆照相。她兴兴头头挑了一件深灰斜纹布暗红圆点的长袖上衣，肩膀有垫肩，窄袖口，左胸一朵绿绒花，日本进口的。那年头买机票要照相，母亲知道是要去北平了。家里其他人一个个都去照了相，可是照了相回来就没动静了，一家子等着外公做决定，只等他一声令下便收拾行李打包走人。外头已经天下大乱，人心惶惶谣言满天飞，金圆券一天天贬值，外婆去买菜回来就叨咕，钱一天一天毛了，不经用了。外公日日忙进忙出不知忙什么，磨磨蹭蹭延延挨挨，没多久就听说八路军已在百里外了。外婆私底下向母亲抱怨，你爸做事就是犹犹豫豫，不果断。母亲白高兴一场，终于没去得成北平。

有一年母亲在乡下的院子看见了小彪子，站在院子里翻着眼珠指着天自个儿嘟哝，黑黑红了，黑黑红了。母亲觑觑天空没看见什么，大白天，天不黑也不红。也或许他说的是，嘿嘿红了，嘿嘿红了。横竖他是个傻子。东北话"彪"是傻的意思，小彪子就是小傻子。家族里谣传大伯因为爱嫖染上了梅毒，害大伯娘也传染上，所以生下这儿子有傻病，长到现在九岁了，连说话都不太会，但他样子真可爱，白白红红的婴儿脸蛋老是快快乐乐的。母亲就听他说过这句话，嘿嘿红了，嘿嘿红了。

最先丢了东九条的房子。外公主动献出给党，表示他是开明地主，积极配合国家土改政策。是日本人在日治时期建的，抗战结束郭家迁来抚顺就买下，东洋味的简朴格式，门前一列绿油油修得溜圆的矮树篱，左右两边有灰石短阶登入屋内，过了玄关再上两级台阶到客厅，架高地板底下有暖气管，冬日在屋后的煤炉注水入锅，水蒸气跟着管子跑地板便热了。客厅两边各一间卧室，外婆带着两个女儿住一间，外公带着小太太和他们的女儿住另一间。往里进是餐厅、厨房、浴室、后院。喜栽种的外公在后院种了茉莉、喇叭花、爬墙虎、夜来香，又买来竹棍子靠墙做一列三脚架，一个架子种黄瓜一个架子种茄子。开始结果时母亲喜欢去看果子一天天变大，青一个紫一个垂满架。夏天夜里外公喜欢沏一杯茶坐在石阶上，闻夜来香的香气。

他是在外头跑过见过世面的人，中学开始便上西洋学堂，在上海的高等学府待过不短时间，有个复旦大学政治系学位。少年时代他和张学良一道玩过，打伙儿骑马打猎，两人都是髭须未生的十几岁毛头小伙子。浑河为界，河北张家，河南郭家，是当时东北的两大望族，众小辈结伴玩耍不稀奇。外公枪法如神，我可以想象他跟小他几岁的张学良驰马青原，一子弹穿过鸳鸯脑袋教同伴叹为观止。他还声称教过张学良英文，多半是骑在马背上把学堂里刚学来的英文现学现卖搬弄两句。张学良继承父业接掌奉系兵权后大大有名,外公好怀缅昔日风光,不时向母亲提起这段交情。何况它象征着郭家的全盛时期。翩翩俗世佳公子,廓落名场尔许时。有堂名的都是大宅门。沈阳小东门天佑堂郭家,名头比燕囍堂还响亮。

他自然不会喜欢媒妁之言定下的缠脚布气息还没去净的新婚妻子,人一娶过门就远走,这一走走了十二年,但是这条看似饶富民国气息的新时代之路他却没有走下去,选择回乡下守着田产度日,过起土绅的生活来,在一个小村子风风光光当了几年乡长。虽然他没像其他兄弟染上败家的芙蓉癖,但是长年的游手好闲不事生产,到我母亲出生时,郭家已在没落中,她见证到的已是祖泽福荫的余泽余芳。盛世尾班车,箧底残余物。

也亏得外婆持家俭省,家穷之后还有点物资剩在箱底。她做闺女时就没豪奢过,娘家虽有钱但崇尚俭朴,因此没得过花钱的训练。一嫁到郭家丈夫又出走,嫁了等于没嫁,一年倒有半年住在娘家,到她步入中年真正开始过夫妻生活,已经是老妈子的自贱作风。孩子一番高兴买了好吃的回来总遭她一双手往外扫,你们吃,你们吃。外公带小孩去逛公园她也是那样的手势,你们去,你们去。外头时兴绸缎,她照样一件粗布衫。时兴烫发,她照样扎个老妈子鬏。时兴玉石,她买黄金保值。小孩都时兴穿洋装了,她将清朝的衣服改给孩子穿。绸缎庄捧来新到的衣料,她买了从来不做，整整齐齐叠在皮箱里。她的箱笼不是木头制的，而是漆皮质料，因叫皮箱。大红色光滑亮面，旧式铜锁插栓操作，一打开，箱盖右侧红纸黑字"燕囍堂"三个大字映入眼帘，箱壁整个蒙上宝蓝棉布，外红内蓝好彩头，捉对儿一双平日放在炕琴上，历年衣料都屯在箱里，叠得一丝不起褶，布匹之间垫层薄宣纸，每年拿出晾晒。解放后布票若不敷用，就把衣料改给两个女儿穿，所以母亲和阿姨尽管口袋没钱，衣服都比别的小孩光鲜。外婆迭次搬家都把皮箱带着，破房子里两只大红箱子鲜艳夺目，去湖南时留在东北没带，母亲没再看见过它们。

生母亲时外婆已三十八岁，在当时已属高龄产女，不死心想追儿子，可是三年后生的又是女儿。母亲记得有回两姊妹打架，外婆追打两个女儿不小心碰落左上颚一颗假牙，被她自己一脚踩坏，去牙医处补牙打麻醉药，当下流产个巴掌大小的胎儿。她硬说是个儿子——圆型的是女儿，长型的是儿子——晒干后悉心用布包起来时时打开察看，从此嗔怪我母亲害她失了儿子：都怪你，你们打架，我要打你们，害我没了儿子。母亲为此事觉得委屈，习医后方知是习惯性流产。那年头不兴验孕也不懂养胎，外婆生了第二胎后怀的都留不住，那次也未必就是麻醉药的作用，时候到了自然流出的。那胎儿的干尸她一直保存了许久。

至此外婆没法反对外公讨小老婆进门了。是个姚沟来的乡下大姑娘，识得几个字，长得粗壮结实，烈日晒过的铜肤色反衬外婆的苍白。原是指望她粗生粗养多生贵子，结果她比我外婆更不如，只生了一个女儿便永久性没了下文。外公当然还是跟小的过，几口人一同住在东九条的房子，一个檐下过活一桌吃饭，吃完饭外公就跟小老婆一同回房。寂寞和怨恨如白蚁蛀木一寸一寸吃入这个家的心脏，新的陌生的时代却把他们连结成紧密的团体。满以为光复后有安乐日子过，却又来了苏联大兵。苏联大兵走后来了国民军，国民军走后来了八路军，如今八路军来了，前途正是吉凶未卜，再怎么面和心不和都必须守在一起共渡难关。

开始烧东西。烧书，烧照片，烧日记，烧田租账簿，烧铜版《红楼梦》。爱抚过多少次的线装蓝面，一行行侧批眉批读得烂熟，他自己画的仔仔细细的人物关系图。没告诉任何人他就自个儿躲起来一张张撕下扔到火盆里烧、烧、烧。嘿嘿红了，嘿嘿红了。火舌红红里他看着书烧成了灰。母亲问他要书看，他说，没了，烧了。没说第二句话。

说什么高粱肥，大豆香，谈什么美酒佳酿满金觞。田地遭没收，家产荡荡然。风声鹤唳人心慌，草木皆兵鬼神丧……日日猫在家里不敢外出，外婆一听到拍门声就抖得叶子似的。外头传来风声说抓了个地主要公审，不打量是外婆的堂姐姐的公公。跟郭家住得近以前常串门子的。打压农民，苛纳地租，要砍树不给砍又骂又赶——佃户举报他的罪名。爱讲笑话的矮胖老头，笑起来嘿嘿抖着一身肉。被押往公审途中经过郭家，一家闻讯赶到大门口。

隆冬，大夹袄穿得他臃肿，手脚上了铐镣趿趿拉拉，木怔怔转头向他们望来一眼看见了他们。看见他们了。外婆胸口像给鬼拍了一下。隔不一会儿就听见学校操场那边打锣打鼓呼呼嚷嚷开公审大会。不知过了多久，半天里，砰，一下。一声枪响。外婆向天连连作揖：老王头升天了，老王头升天了，老王头灵魂升天了……

家族中流传这样的故事：外公的祖父的爹，外公喊他太爷的，原是个拉牛车的车伙子，住在山东省蓬莱县一条叫郭家滩儿的穷村子里。阖村的人都打鱼，就太爷一个穷到拉牛车，村民都叫他郭大穷棒子。穷棒子心里没别的事就挣钱一件事儿，一天到晚惦着挣钱惦得晚上睡不着觉，有个夜晚借月亮光拿杏条编筐，打更的一走过就紧问，几更天了。那更的给问烦了故意诳他说："五更天了。"太爷急眼巴巴拉着牛车上路，天还乌漆抹黑呢，山沟的路愈走愈背，忽见一盏灯悬在前面半空，不远不近不上不下，太爷快它也快，太爷慢它也慢。太爷上前拿鞭子抽它要把它撵跑，那灯转过头来是张笑吟吟的笑脸。这一吓把太爷吓得回家病了一场，那年山东就逢大旱闹饥荒，牛没草吃，拉车也没力气了。待不下的都跑到外边谋生路，闯关东蔚然成风。明知有去无回，便都携家带眷，走上那平沙莽莽的长征路。郭大穷棒子凭着拉牛车那份拼劲儿，闯关东成了拓荒的鲁宾逊，开荒垦田建家园……口述相传流传下来的古老年代的故事，太爷的孙子都记在一本日记里，外公烧《红楼梦》时把日记一起烧了。

半夜里听到拍门响，阖家心惊胆颤爬起床。一个男嗓门压低低在门外道：五爷，五奶奶，我呀。腊月大冷天，深夜四五点，五爷跟五奶奶开门迎进个穿大袄的瘦汉子，肩上背个大白布袋，皮帽脱下才看得真切，是旧日给外公种田的老佃户。那人放下布包把东西一样样掏出，零下温度冻得登硬的一大块猪肉，十几个粘火烧骨碌碌滚一桌——黄糯米做的豆沙馅饼。佃户道：快过年了，咱给你们捎点吃的，五老爷你待咱们好，咱们村里没人举报你，有八路军来查了，问你们地主是谁，啥样的人，咱们都说五老爷待咱们好，跟五老爷有饭吃，有钱赚，咱们村里没有一个人说五老爷不好的。佃户说着打开腰包掏出一叠钱钞放下，没多耽搁就匆匆走了，神不知鬼不觉黑里来黑里去，犹自睡眼惺忪的母亲觉得真像梦。

穷，来得好快。全靠卖金才有钱买粮票换米吃。五爷历年收田租攒了钱不买骨董字画都买了金，扁长方形金锭一锭起码是二十两。卖金的钱交给外婆，逐点逐点花用，活命的钱。其他都是身外物了。屋子越来越破，家当越来越少，被褥越来越旧。母亲在抚顺女中上学，时局动荡念念停停，十五岁才念初二。开始要上政治学习课：土地改革是为了把土地财产权归还农民，地主是剥削农民的，农民给地主种田，地主却享福。国家将来是共产主义社会，土地全民共有，收成全民共享。苏联是我们的老大哥，我们要向苏联学习，走向集体农庄制度。母亲一条条跟书背，拿九十多分。有时下课她到北台町的同学家给她补习数理化。两人在班上成分都不好因此做了好朋友。那同学会做吃的，补完习做小豆包焖点土豆一块吃。唯一的消遣是逛中街，去供销合作社看陈列在玻璃柜里的日用品，拖鞋、袜子、围巾、雪花膏、牙膏、牙刷。穷窘少年时的眼馋物。她都没钱买。那同学有个哥哥在工厂做科长，环境比她好，有了闲钱就买牛奶糖一块吃，买瓶汽水一块喝。校长给她上过两堂钢琴课，她想学下去，可是哪来的琴，市面上根本没琴卖，就有卖的也没钱买。想学小提琴，跟堂舅的儿子借，他不肯借。很偶尔她在北台町睡一晚，跟同学两个挤一张床用被蒙头讲班上进步同学的坏话：……死相……共青团的……假进步……净打小报告……以为扫地抹桌子就是劳动模范……

做过的梦都不算数了。外公答应过的，你好好念书，将来你当了大夫给你盖一栋医院。天池医院那样的。白粉墙白门厅，簇新三层式水泥洋房气派地屹立在抚顺市中心大马路边，门口竖块白招牌："天池儿科医院"。是个台湾来的医生开的。她有阵子扁桃腺老发炎，外公每次都带她到这里看病。一楼是门诊，二楼是病房，三楼是住宅，一进去是甘冽的消毒药水味，候诊室静静的，年轻漂亮的女护士走路都没声音，手指凉凉给她腋下塞探热针，头顶的白色扁帽她总奇怪是怎么戴上去的。斯文洋派的年轻医生头发抿得光溜溜，医生袍浆洗得雪白，很友善给她用听诊器听心、听肺、压舌板轻压她的舌头看喉咙。打针有另外的房间。亮晶晶消毒过的钢制小工具小器件，注射器，腰形钵子，棉花球用白瓷缸盛着，泡过酒精抹屁股上飕飕凉。配药室有小窗口，药水装在小玻璃瓶里，药粉用半透明油玻璃纸折成三角形小包，放入信封式白纸袋里。

外公又答应过你好好念书，将来送你去日本读医。她就想她也会像表哥那样坐上远洋轮船，倚在船栏边眺望远方想象异邦的留学生活。在外婆娘家的院子碰见表哥那年她八岁，他刚从东京回来度假，玄黑学生制服穿得他好英挺，胸前一溜铜纽扣，帽上钉个铜帽徽，帅气轩昂极了母亲看着好羡慕，学成归国后他在沈阳满铁医院当内科医生⋯⋯

可是都不算数了。学医的志向没变，可意义完全不同了。一家的指望都落在她一人身上。外公改了语气：学医吧，当大夫收入好，咱们一家以后就指望你了。母亲以穷学生身份申请到助学金在校住读，一日三餐尚充足，可是家里境况一天糟似一天。母亲每次回家，见到的都是几个大人愁容相对，一室的凄凉。他们解放前都没在社会上做过事，以往的学识、技能，如今都变得毫无用处。她心想，等我毕业吧，等我毕业养他们。活每一天都为了那一天。

家更穷了。大屋搬小屋，小屋搬更小的屋。河堤路是最穷时，十几户人家的大杂院，火柴盒式套房一间一间围着个大院落，门口对着别人家的后窗。一家子睡在绕屋而建的大通炕上，炕底通道连着灶口，煮饭烧起灶火，炕也跟着热了。夏天就用小煤炉烧饭免得把炕烧得过热。晚饭桌上三盘菜：白菜、豆腐、豆豉花生炒辣椒，吃国家配给的白米饭。外公发火：天天吃这菜，没点好吃的。外婆回嘴：没钱，吃什么？净顾着馋吃的，又不去找事做。外公不动弹，天天坐屋里闷抽烟，发呆。没钱买烟了，就买烟丝卷烟卷。外婆去领计件手工回来做，打铁丝。用小槌子把细铁丝敲敲打打敲扁，也不知干啥用的，打好一扎拿去换工钱。又去一个人家做帮佣，帮做饭跟带一个小孩，待不满一个月就跑回来。到了快没饭吃了，外公开始去露天矿捡煤渣。穷人都去捡煤渣，有工头当场点算，捡一满筐得若干。他带着小老婆每天打早动身背影双双出门，天黑方返，攒了钱买肉回来。不久外公决定"解放"小老婆，跟家里人说国家提倡男女平等，该解放小老婆让她重获自由。外婆背地里对母亲说：你爸还挺疼她的，怕她受委屈，还给她找个好对象，安排得好好的。几天后母亲从学校回家，小老婆已经带着六岁的女儿走了，外公亲自送到新家的。

　　负担轻了，外婆却得了病，瘦得皮包骨头，念念叨叨念念叨叨：我想喝肉汤啊，我想吃火锅哟，血肠粉丝火锅哟，酸菜放到锅里绿绿的哟……起初只当她是吃不饱饿瘦的，后来就下不来床，发烧几天不退。秋气初凉的季节，母亲急惶惶叫了一台三轮车把她拉到人民医院，一检查是开放性肺结核，肺已积水。不得不掏老本了。外婆一直留着点首饰没卖想留给母亲，尺把长的纯金如意大盘簪，插在发上盘旋回绕像头顶盘了条金龙，是外婆出嫁时她娘家给置的嫁妆，清朝之物。她舍不得卖。我想留给你，她说。母亲说：我不要，给你治病要紧。毅然把金簪剪下一段拿去银行卖，黄澄澄纯度高得银行的人啧啧咋舌。往后一次卖一小段，钱用来付医药费，买猪肉给外婆一个人吃，抗结核的药服了两年病才痊可。

外婆最饿最馋的时候想喝的肉汤是下水汤，内有猪肚、猪肝、血肠、粉肠等猪内脏。此外放排骨和几片抽刀肉，把五花肉切得纸样薄，一放入热汤里会抽绉起来。腊冬的一天她想喝肉汤想得慌，起个早，穿上一件旧狐皮袄，跟谁也没说一声就悄没声地出门，濛濛晓色中往乡间的方向走去。从抚顺市到乡下这段路从前都坐四挂大马车走的，从不知用腿能走到，这会儿她却走着了，茫茫雪野里一个老太太，想着那口肉汤，一心巴火心贞志坚，因病掏弱了的身体不让她走得快，顶着寒风嘶哈着气，蹒蹒跚跚，天亮走到天擦黑，远远看到有人家了，也说不准是不是她要找的地方，没来好多年了，暗里又看不真切，摸黑踆过去叩门吧，可不是吗，天可怜见，就是她要找的那个老佃户的家，天老爷保佑居然让她给找着了。她听到好热烈的欢迎声音：哎唷五奶奶，你来了，快进来快进来，五奶奶你来得正好，咱们今儿刚杀了猪，在炼猪油呢。啊哟没想到运气这么好，碰上杀猪的日子，下水汤要杀猪当天才吃得着，一路上受寒受冻都值得了，长途跋涉走来就为了喝一口肉汤啊。当晚她跟佃户一家团团围坐吃饭，喝肉汤喝得一身烫乎乎暖洋洋，第二天早上回家是手里拎着一大抽猪肉喜孜孜上路的——这是我最喜欢的外婆喝肉汤的故事。

玉兔蚀，金乌坠，洒泪别乡关，黑水白山无故人……

母亲二十岁那年考上沈阳中国医科大学，五年后毕业，与父亲一起被分配到湖南的衡阳医学院工作，两人加起来工资可观，安顿后立刻将外公外婆接去奉养。那是一九五九年初，大跃进运动已开始，举国大炼钢铁，办人民公社，吃大锅饭。外公外婆住在医学院的宿舍里，每天到食堂去打饭，一瓷缸饭一碗菜。经济条件虽然好了，生活却没改善，社会物资越来越缺乏，两老得自己张罗吃的解馋。有农民不愿把食物捐给公社便拿到城里卖，外公外婆好运气碰到的话会用粮票换只鸡回家炖，买条鱼回去烧，丰富个一两天。他们从东北下来啥都没带就带了几件衣服跟一口黑铁锅，东北人叫炒菜勺子，单边有只方形木柄，外形似镬，但底部先方后圆站得稳当些。母亲去车站接她时问：你带个锅来干啥？外婆说：怕你不做饭，家里没锅。母亲也的确没锅。幸好这锅太小可以不必拿去炼，那阵子全靠它炖鸡烧鱼，买到鸡蛋煎个蛋，不然全市的钢铁连窗框连椅子腿都扔到大火炉里熔了，要想到铁铺里买个锅还不见得买得着。

外婆自从得过结核病身体就差了，肺组织纤维化跟胸膜粘黏影响了肺功能，连带身体也变得虚弱，人筋瘦筋瘦，憔悴枯槁。加上世局多变，有得折腾没得调养，一九六一年夏，她就像得结

228

核时发烧好几天不退，送到医院时已神志迷糊，病情转恶极速，延至次日午夜不治，享寿六十五。

外婆的照片唯留下湖南时期的两张，应是她过世前不久拍的，抱着约满周岁的我的姊姊，形销骨立坐草坡上。纵是黑白照也看得出是晴天，她穿一件花布衫，用夹子夹得服帖的头发被风吹得微乱，眉宇晏晏甚是欢畅。我真愿意相信是如此。看得出母亲遗传了她的瓜子脸，柳条腰，板瘦肩。母亲说过她尽孝而已，其实与外婆不亲近，她性格接近活泼好玩的外公，跟窒闷古板的外婆合不来。但我不能相信外婆对自己的时代和命运没有一丝觉悟，因为她不让母亲学烧菜，母亲一进厨房就把她往外搡说，别学别学，学做菜没出息，去去，去念书去。外婆的菜母亲一样都没学会，只有切细丝、切薄片、切丁末这些精细刀工是得自她的。

外婆走的前一年母亲被调到北京儿童医院进修，只父亲陪着外公外婆在湖南。暑热天，她穿一件薄料子红衬衫，圆领子有白色窄条花边，小短袖露出雪白臂，是她到了北京新买的，穿起来很好看，她很喜欢。午饭时间经过传达室，里面的人招她过去递给她一封电报。是父亲打来的，只简短几个字：母病逝，已火葬。母亲回房哭泣，室友回来看见问明原委说：快，别穿红衣服了，换件白的吧。母亲换上一件白衬衫，抹把眼泪洗把脸，上班去了。

母亲南下广州时把骨灰也带到了广州，安置在银河火葬场。外公写挽诗二句祭曰："生于黑水白山之下，殁于湘江衡山之滨。"

故国之痕

摇啊摇，摇到外婆桥。

外婆家住"满洲国"，支那皇帝昭和朝。

太阳旗升正东方，家家学唱樱花谣。

扶桑乐土谁曾见，天照大神来普照。

明日帝国关东车，长生不老天皇岛。

不叫沈阳叫奉天，不称霸主称王道。

千秋功过争朝夕，至今犹记菊花袍。

大东亚梦成泡影，同德殿中泪沾绡。

孤儿遍野尸遍地，离乡背井移民潮。

莎哟娜啦，莎哟娜啦……

　　我到大一点才很震撼发现母亲几乎整个童年都在日本人统治下度过。她那么殷殷忆述的欢乐片段和阳光情节，都是在国家动荡的大环境里发生，可是从她的言语里一点也感觉不出国难的伤痕。《长城谣》的下半阕歌词："自从大难平地起，奸淫掳掠苦难当，苦难当，奔他方，骨肉流散父母丧……"讲的正是日本侵略东三省的事，我也这才恍然它是一首抗日歌曲。

　　约莫是七〇年代末我偶然在报上读到的一则小新闻是讲一批东北长大的日本遗孤出发去日本与生身父母相认的事。世纪初移居中国东北的日本侨民不计其数，抗战结束期间这些侨民在撤退中遭遇万难，一起上路的一家子到最后损折惨重，无数小孩丢爹失娘没能返国，由东北人收养并养育成人。所谓东北遗孤指的是这些孤儿。

我追问母亲记不记得日本人的事。有啊，她说，外公常跟日本人喝酒，很称赞日本人呢，说他们跟你喝过酒就真诚相待把你当朋友。住东九条时有个嫁了中国丈夫的日本女人住在他们对面，她家没院子所以爱过来串门，和外婆坐在后院台阶的树荫下扑扇唠嗑儿。她老说外婆长得像她家乡的妈，要认外婆做干妈，后来也没真的认，解放后母亲家迁走，就再也没看见这女人了。

一九三一年九月十八日夜晚，日军挑起柳条湖事件乘势进占东三省那一年，母亲还没出世。历史上称为九一八事变。张学良下令不抵抗，日军长驱直入无所阻，百万里山河陷敌手。首都建在吉林省长春，改了名字叫新京，"满洲国临时政府"宣布成立，找来清朝最后一个皇帝爱新觉罗·溥仪当执政，当了两年又称帝，穿上满饰军徽的陆海空军大元帅服登基，称"大满洲帝国皇帝"，年号改康德。溥仪已是第三度登基，第三次当傀儡。中国大地崩掉好大一块角落，却无补天的顽石可补地。从一九三二年"满洲国"建立到一九四五年日本战败，东三省俨然一个偏安东北的小小日本王朝——"王道乐土"梦幻国。

母亲在溥仪登基那年出世的，"大满洲帝国"康德元年。自她懂事以来家里的大人从不说、不提、不谈沦为殖民人民的事。小学上公民课老师告诉她们，我们是"满洲国"人，日本人和"满洲国"人是一家人，我们都是东亚共同体的子民。自此母亲只知有"满洲国"。

男女老师穿清一色土黄制服，课室墙上挂国民训，每天上课前要背的。小卖部有卖紫菜卷着米饭的饭卷，有卖白色圆形嵌红豆的糯米点心，母亲会买回家给妹妹吃。有条件的家庭纷纷送子女去日本留学。表哥去了，六叔的女儿也去了。末几年城里轰炸很凶，一天到晚拉警报跑防空洞，粮荒越来越严重，先是白米饭没得吃要吃高粱米，到后来高粱米都没得吃要吃橡子面的时候，母亲家举家迁到乡下暂避，图乡下离田地近，粮食供应充足，运输也方便一些。母亲在乡下长大到十二岁，八月十五日那天乡间小学的班级主任在黑板上写：中华民国万岁。孩子们嗡嗡然窃窃私议，中华民国是谁？中华民国是谁？老师郑重道出，我们是中国人，日本是侵占我们的。母亲始知有中国。

几乎是即刻，日本侨民不论男女老少哗哗哗撤退如洪水大退潮。来的时候怀着憧憬而来。乘浮槎，渡沧海，有组织，有计划，乘风破浪来了一拨又一拨。从一九○五年起，小规模试探式数百人一组，西渡东海登陆中国，散居于铁路沿线城市，耕作、经商、开厂，末几组织农业移民，进入黑龙江省人烟稀少的地区，占农田，结村落，丝萝托乔木寄生在中国土壤上，一而十十而百繁衍大大小小的日本村。

　　日本军政界一班狂热民族主义者老早想定这条用自己人当开路军的移民计策，为的是铺定一条殖民路，扩张版图走向大东亚霸权。官方打的如意算盘是，即便军事失利仍有这一支移民兵在地持续运作，给日本保留一部分经济实力。一九三六年日本内阁提出二十年、一百万户、五百万人移民计划，正式定为七大国策之一。自此扩大移民规模，除农业移民外新增城市移民，大批青壮年的军政人员、工商界人士在政府的大力鼓吹下被招募入团。战争末期注意力又转移到二十岁不到的年轻小伙子身上，美其名为义勇队开拓团，有的被征召入伍安置在满苏边境作为向苏联进军的一着棋子。日本一战败，棋子变炮弹靶子，万千开拓民成了国策的牺牲品。

　　惊天大计匪夷所思。估计十数年间先后有一百五十万人以上被运送到东北地区，五百万人移民计划成功实现了三成。苏联趁着对日本宣战之便借机强占东三省，江山又一次易手。中国无法顺利接收并按公约及时遣返侨民，引起难民乱窜的乱局，国共内战使遣返工作再延误。一九四六年两军暂时停火合作遣返日侨，大部分侨民方得以归国，但仍有一部分漏网滞留。一九七二年中日恢复邦交，两地政府成立专责机构开始有系统地帮助遗孤回日本寻亲认亲。三十年后总算，两鬓星霜归故里。

　　东北遗孤至今都是尚待发掘的好题材，但我当时只着眼于沈

233

阳的历史背景，应该是从这时起心里模模糊糊有个故事轮廓，幻思幻想开始构思第一部《妾住长城外》的情节。

一九八〇年暑假我随母亲回乡省亲，已是有意识地在搜集写作资料。港澳同胞这个词当时还没出现，我们被唤作侨胞。侨居外地者，归故里也，实际情形却比较像《镜花缘》里的唐敖和多九公去了奇邦异域。大陆刚从锁国状态开放不久，沈阳这偏远城市没几个观光客，我和母亲在那城里碍眼得像两只稀有动物，不小心在某处停留过久，马上有同胞围拢来，他们也不做什么只是挨得近近的从头到脚默默打量，恨不得给我们照张 X 光。那时节不是随街有出租车可截，我和母亲只好边走边逃尽量保持移动，直到我们乔装改扮成当地人才免掉陷身人墙之扰。

我第一次听到带浓浓关东腔的东北土话。外公和阿姨半辈子都住在抚顺或附近的章党，是抚顺口音，音调低沉平坦一股庄稼味儿。外公出口成章说故事好听，拉得长长的音腔老在咨嗟吁叹昨日苦难。"文革"期间他被定为黑五类中的三类：地主、资本家、反革命，但他挨斗挨得算轻的，只吃了一个嘴巴子即遭一个温和书记喝停。他做地主时有善名，从不苛待佃户，曾教导他们投资买金，有的还铭记在心，体恤他年事高只给他派些放牛压草的轻活。几年下来身子骨硬朗了饭量也增加，一顿要吃一大海碗白米饭。最让他吃不消的是每两周写一次检讨交村干部，还有一年一度的评查会。

阿姨苦头吃得多。地主家庭出身注定她在"文革"时被划为地主资产阶级分子，加上跟我妈的海外关系，害她一个中学教师被下放到偏远的山地农村，挨了七八年耕田砍柴的劳改。每说起那段经历她便眼泪巴嚓哭个没完。母亲除了连声唉叹可怜唷我妹妹可怜，也无别话可说。在上一辈的伤心里我只能是末座陪客。当时在文坛引起轰动的陈若曦的《尹县长》我也读过，爱新觉罗·溥仪的自传《我的前半生》涉及"文革"的部分大致也看懂，"四人帮"受审期间大人不眨眼守在电视机前的紧张气氛也让我印象深刻，但是毕竟港胞与同胞，好长一段辛酸历史隔在中间。

因为我要找三家子，母亲特为我安排了抚顺野外一日游，外公和阿姨也来陪，顺便看看许久没回去的抚顺乡间。国安局也来了个人，给弄来一辆可载数十人的旅游大巴士，车轮辘辘尘沙仆仆开进抚顺近郊的田野间。半路看到个牛车我嚷着要坐，好得意地坐了一程。我终于看见了东北的高粱田。太爷闯关东时耙过耕过的地，百余年后我这城市长大一身牛仔裤短袖衫的南蛮后裔跨坐牛车牛蹄得得晃摆过去。边地酷阳照边塞大地，夹道高粱比人高，密林子里藏得下一支军队。才子佳人江南多，这里却多的是铁马金戈喋血战场的英雄事迹。清太祖努尔哈赤曾在这片土地上餐肉饮血收服女真各部族，与明末大将袁崇焕激烈交战。古战场，几人还。外婆的先祖不知可也在努尔哈赤麾下打过仗？

三家子整个遭水淹了，原址现在建了大伙房水库，我们在水上荡了一会儿船算是到此一游没白来。我还没玩够要往前走，巴士载我们来到一个农村。一条土径，几户农家，小孩家禽到处跑，完全是农庄景致。外婆当年为了喝肉汤走了半天路找的佃户家大概是类似这样的村子，外公一亮相道旁就有个掉光了牙的老农民嚷嚷起来，哎唷五爷回来了，你看，有钱的还是有钱，咱穷的还是穷，你看，五爷开着大汽车回来的。偌大嗓门十步皆闻，母亲猜是外公的老佃户或从前隔壁村的。外公跟他站在土径旁寒暄，骤遇故人自是开心的。那国安局的人挨近阿姨小小声不知嘀咕什么，气氛有点胶着，大家拘拘谨谨站在村口不说话，阿姨脸色不大对地拍拍手催道，走吧走吧，别待了，天快黑了。她带头往巴士走，我们也没再去别的地方草草结束了一日游。

沈阳有一大票母亲大学时代的同学，平时不大联络趁着母亲回来便大家聚聚。我们挨家挨户造访，从这家的酱菜拌菜吃到那家的饺子盒子，味蕾当场经历一次急遽返祖，平常吃得精细的母亲被同学取笑突然改了农民口味只吃粗粮。的确最普通家常的面制食品都想不到的美味，窝窝头馒头松糕发糕，不论是高粱米面、小麦面、白米面、玉米面做的，燕瘦环肥酥的酥软的软，各种度量衡学问都在发面的过程里面。当然也有一派是大咧咧的大葱大蒜大块焖大碗炖的农家菜，但是秀气精致的小盘小碟小桩小件的也不少。沈阳曾是满清陪都，又做过十几年日本殖民地，日常起居中偶一闪现的饰美造型，是宫廷仪制加上日本文化的浸染吧。

我记得市面颇萧条，没什么吃的卖。母亲讲过的童年小吃像绿豆丸子、碗托凉粉、抹糖油果子都已绝迹。偶尔看到路旁有糕点小贩，木板子上一大方块白色或米黄色看上去好黏糯的海绵糕，我妈说就是她小时爱吃的凉切糕、卷切糕、江米切糕、蜂糕等的变调，风味接近现在高档超市有卖的统称"和果子"的日式点心如草饼、大福饼、栗馒头、蜜糖糕、羊羹等，虽然一个平民化一个贵族化，但吃进母亲嘴里都是家乡的味道。然而豪情胜概大开大阖仍是东北百姓的本色，我能体察到母亲的慷慨好客基因是哪儿来的。馒头饼子一做一大落，五饼二鱼取之不竭。卷块酱肘夹根葱，生蒜啃一头，白干一斛漱漱口，古时征人单骑走千里可是带着满口腔蒜味上路的？

　　我去的时候是夏天，干旱流火月。天无云，地无雨，滚滚尘国皆静寂，极目是灰背灰腹水泥住宅水泥墙。母亲的儿时故居仍屹立在福康街旧址，破门楼皮剥肉落巍巍杆撑。二进的四合院里房子盖得蜂窝似的，窟窟窿窿住满了人家。门槛没了但门房还在，院子里两棵老槐树还在，没精没神立在那儿打盹，黑乎乎的快看不见绿了。母亲儿时在槐树下跟妹妹玩过弹玻璃球游戏。红蓝绿各色玻璃球撒满地，留个大的做头，地里抠个小洞，不远处画一直线，球置线上捏指一弹，成功弹进洞里的是赢家，说穿了就是最原始的高尔夫球。

　　我指着门柱问母亲：是你家从前那门吗？她说，是，就是那门。

我又指着槐树：是你家从前那树吗？她说，是，就是那棵。

海市蜃楼终于有个实体让我逐物相认。此刻两个远来异乡客依门伫立，舶来衣装美白面容，抬头看旧日门墙尽毁只剩褴褛对夕照。少小离家老大回，乡音无改鬓毛衰。曾经时代的风将这一家的种籽向南吹，向南吹，吹到好远好远的南方小岛。曾经有个满汉混血女子从这门里走出去，走上一生的梦途。

异国之痕

我在考虑该报读美国哪间大学的时候心里就游游移移想着要去一个四季分明、春夏秋冬都齐的地方。我已经在小说里写过雪又描绘过雪，总要亲眼看看雪才甘心。就因这稚气一念我去了美国密西根州，地理上它位于美洲大陆的东北部。

最近我在校阅自己的旧散文集《春在绿芜中》时，在一篇大学时期的文章发现这样的线索："有一天，我忽然决定从此不写作了。来美国半年间我的文章有三，首篇经朋友催促，生活起居尚未就绪，先闭门写足四天，结果破烂不堪……"

当下豁然想起这篇经朋友催促、闭门写足四天的文章便是《却遗枕函泪》——《停车暂借问》的第三部。所谓"生活起居尚未就绪"是指刚下飞机，生平第一遭踏足的异国校园都没来得及看一眼呢。若不是当年写下这几句话，我都忘了小说的这部分是在美国写的。

如今记下这一段不为别的，只为了那包牛肉丸的事。

也许该先解释一下这部小说是先在台湾的报章上连载发表，也是先在台湾付梓出书。所谓"经朋友催促"是指台北的友人打长途电话来叫我把小说续写个两万字。当时长篇小说的标准字数为十万，已写成的头两部合起来只够八万，朋友便劝我再写一段凑够出书字数比较好办。

我快要去美国升学了，没想到天外飞来"加料"口谕让我心情大乱，写作经验浅的我甚觉赶鸭子上架。然而出书攸关，怎么可能拒绝呢？连我自己都出乎意料的没花多少时间便构思好情节，趁上飞机前还有时间又走马看花去了几个可能用作场景的地点看一下实景，隔没多久便搭飞机走人了。

第一次一个人跑那么远，双腿发软像飞太远的小鸟。在底特律机场着陆，原以为侨生办事处有人来接却遍寻不着，傻呵呵的跟人家上了大巴士，巴士把我扔在大学城所在的安雅堡路边就头也不回走了，一起下车的几个人各自拖着行李极有目的的东南西北顷刻走个干净。我像个没人收件的包裹一个人站在夜色深深的街道边，不知该找谁签字接收。行李重得提不动，不提着它走又不行，心里慌极了简直不知道怎么办才好，哆哆嗦嗦情绪快要来的时候，黑夜里跑出个黑色的救星。

我先看见他的鲜黄球衣和刺眼的白色球袜，然后才看见他的其他部位，仿佛他是爱丽丝仙境里的柴郡猫会逐个部位出现又逐个部位消失。是个非洲裔男生，肢体头脸墨黑如夜，使一身足球员打扮亮眼非凡。他极和蔼问我怎么了，没事吧。不知道啊我说，都没人来接。也没想到没头没脑的一句人家听不听得明白，但他好像都懂了似的点点头，很知道要怎么做地弯身替我提起行李。我不思不疑跟在他后面走，走走发觉他不过是要走向刚才巴士停站的那栋褐砖大楼。我一点不知那是什么所在，他要带我去那里干什么，跟着走就是。我的行李就一个箱子一个提袋，那箱子撑得饱饱的快破腹了，那男生看来臂力不小却也只能提个离地二寸，要上台阶时他走两步又放下，如此好几次，最后索性将它沿地翻滚。我心想要是妈妈看见了肯定饶不了他。好不容易到了里面的接待处，男生趋前跟柜台后把关的金发胖女人叽哩咕噜一番。我第一次贴身听美式英语有许多句子没抓住，但也抓到个大意是原来那男生在这里上班，值完勤下班在外面碰见我。我还听懂一样是房间都住满了不知还有没有空的床位。这里有地方住！我恍然大悟。怪不得那男生带我到这儿来。金发女人面有难色一页页翻着登记册目光上下巡移：啊，幸好，床位有一个。我松一口大气，不用露宿街头了。男生没再多待，放心抛下一句"good luck"便潇洒地走了，我的足球员。

原来正规宿舍都还没开放，提前抵埠的侨生都先住进国际中心的临时宿舍。跟我同室的女生也是香港人，大姐姐样人很安静，我乐得不用跟她讲话，默默各自为政。没两天她搬走，没别的人再搬进来，我一人独占空房放手写起来。那几天有没有出过房门不记得了，就有，也只是去走廊尽头的贩卖机买盒牛奶。

我把窗帘全拉上以制造暗夜。靠墙有张夹板钉成的连书架书桌，书架底板横嵌一条日光灯管光线刚够覆盖桌面，我在那冷白光线下恍如扶乩者被无形异力附身在沙盘上写字日写夜写，写累了和衣睡，睡醒又写，浑忘了时间也浑忘了三餐，唯一的小插曲是有两个香港同学会的干事来敲门联谊，我摆明拒人千里隔着门缝跟人家答话，很没礼貌的连门缝都不肯开大一点，他们一走我又一头钻进脑子里的世界里了。

我是怎么维持体力的？一定还有许多其他细节但是都想不起来了。只有那包牛肉丸的事还很清楚记得。就是那种香港的粉面店用来下粉面的牛肉圆子，圆咕隆咚用筷子夹不起来，必须一粒切开两半才好夹一些，在家母亲会用来炒菜或炒番茄，我从小爱吃的。母亲怕我抵埗后一时张罗不到吃的，也不管美国不准带肉类入境，买来约半斤一包的牛肉丸细心封好塞在行李箱的衣服里。不错我是成功偷运过关了，但母亲绝想不到我一下飞机就顾着写东西，又住进这样的只有基本坐卧设施的临时宿舍，根本忘了把牛肉丸从皮箱里拿出来，等我想起可以用它充饥时，本来是灰色的牛肉丸已经变成绿色，一闻，哇好臭。我捧着它只是伤心，母亲那个把牛肉丸塞进皮箱里的动作不停在我眼前倒带翻播，它上面附着了别离的忧郁和母亲的不舍呢。我无论如何舍不得扔，舍不得扔，也不能扔啊。它是唯一能让我补充体力的东西。我随身还有个小小的绿色烧水壶，只能烧水不能煮东西的，但我管不了那么多就用那个绿色水壶煮我的绿色牛肉丸子，煮到一个个胀大漂在水面便舀起来吃。味道有点酸，但不难吃啊。我没吐也没闹肚子，很平安地把十几粒牛肉丸吃完，依靠它们给我的卡路里把稿子赶完。

悲欢离合两万字，昨夜花落知多少。几天下来人来人往的聒噪走廊日益沉寂，我出去看一下很惊讶发现走道空净一片，人撤了大半了，但这时就算看见满墙壁的爬藤蛛网我也不会吃惊到哪里去的。完稿的时候是清晨，低血糖得虚脱，轻飘飘只剩个空壳。拉开窗帘请天光进，迎进晨曦也迎进鸟语。美国原来真是不同，一开窗便天大地大。地上有花有树，天空粉白粉蓝像小孩用粉笔画的画，再画个太阳就是大晴天。一切美丽极了，会吹口哨的话真想吹。初秋的空气玻璃脆，我做着深呼吸，第一次感觉到自己的确是到了异国了。

几个月后密西根五十年来最冷的冬天被我碰上，我犯了痴呆在最冷的一天出门，冰天雪地里等巴士，寒风中成了棒冰人，不光是下巴要被冻掉，恐怕十只脚趾头都要不保，要是让妈看见了又要唠叨：你这孩子这不是二虎吗？零下五十度还出门，会冻死你知道不……但我总算知道东北——中国那个东北——冬天有多么冷了。这念头像个新蒸馒头暖热着我的心。

新痕与旧痕

自从久远那次我没再回去过沈阳，父母多次回去都懒得随行。我像只鼻子特灵的狗闻到了好题材，探爪一捞近水楼台先得月，到手后又弃之如敝屣不稍回顾。写作本来就是自私的，难保哪天它对我又有用了，我复又回过头来跟它卿卿我我了。

然而情怀尽管会过去，记忆却没有过去式。这篇文字不是为了怀旧，也不是为了追源溯始，而是陈述一些家庭的点点滴滴的记忆遗痕。东北永远会是我家的情感经验里的熟金调子，年深月久的丝丝瓤瓤的瓜葛。肠胃的，人事的，语言的。在书写中，过往的一切经验、情感与记忆重又回到眼前来，这个过程是我珍视的。

修订并不是为了让书变得更好，而只是把当年一些限于经验和资料缺乏没能解决的方言上的难题稍作处理。大概凡是要把方言转化成书面语言都会遇到类似的难题，秀才遇着兵有理说不清。东北方言化成文字的难处在于它含有大量的满语词汇都是有音无字的，类似广东话有许多字汇需要凭音造字的情形一样。毕竟我没有在东北生活过，会连整个意思都弄错，这次恐怕也不能做到尽善，只是减少一些明显的谬误而已。

延捱到现在才做修订的好处是得以借助新科技。不看不知道，这些年东北同乡没闲着，网上已热闹滚滚发展出一套颇为像样的东北方言的写法和用法的规格，尽管未能尽释疑难，总好过像当年那样查证无门。东北话的爽气可喜部分正源于满语的富于音乐性和民族色彩，妙语跌宕一言抵万语，修订的过程我好几次钻了进去乐而忘返，但觉老百姓的生活智慧尽在其中。但愿它继续受惠于互联网，日月长新花长生。

这次的修订范围主要集中于三方面。一是把方言的部分收拾一遍，二是将文义含糊混乱处略为理清理顺，三是例行的捡错字别字，其他尽量不多手乱改。不为了省事，实在是怕改坏了，用我现时的求好求正确的尺度，煞风景破坏天真未凿。除非直接影响阅读理解，否则即便有幼稚或不通，我宁忠于作品的原貌。

《停车暂借问》是一个浅薄说书人年少时的幻想非非之作，半生创作路由它开始。没写的这些年，时代不是一个变字了得，我像山顶洞人沉睡三千年重返人间，不知今夕何夕。世界大事看电视就知道，文坛的情况只能机缘凑巧知个一鳞半爪。多少人跟我说没人爱看文学了，没人爱看小说了，甚至，没人爱看书了。正因为我试过脱队，我了解到其实多么容易就可以没有了这个东西而仍然活得很好，一点也不觉得缺少了什么。对我来说写作已不是必然。正因为如此，能够重新归队让我倍觉珍惜，像好运气捡回失去的东西，不论能拥有它多久我都心生感激。因此我是多么在意许多同业仍在不计成果努力着，仍不断有新的认真的作家写出精彩的作品。同生于一代是缘，同写于一代，是仙缘。

荒田十亩无人耕，且以细步逐字行。休耕太久的人重新拿起锄头，不但千斤重且实在没信心这片田地还会再接受自己，唯一能做的只是一字一字写去，像我外婆当年一步步走去喝肉汤，即便不能像她那样吃得饱饱的回来，我也希望回家时是跟她一样带着快乐的心情。

感谢所有读过和喜欢过这部书的读者，也希望将来仍有读者读它，喜爱它。如果它慰悦过任何一个人，任何一个世间的心灵，它便不是徒然的。对我个人来说，它的写作与成书，让我得以留住一小部分母亲的花样时光，她爱恋过的家乡的风物。如果不是和母亲有过一段贴耳交心的日子，我对她的家乡不会产生如此花开千朵的联想，这本书也根本不会诞生。它是一帧文字镶嵌的照片，里面是我与母亲的合影。

殊不知倾国与倾城，佳人难再得——难再得的是青春年少，易老朱颜。

母亲操劳半生，忧多乐少，却付给儿女们她所有的爱。希望母亲不嫌这份心意迟来了四分之一世纪——谨以此书献给她。

摇啊摇，摇到外婆桥。

外婆家住旗人巷，生得女儿胜儿郎。

学成妙手回春术，惟愿悬壶济四方。

嫁得夫君南洋客，迢迢万里下香江。

不甘所学从此弃，巾帼郎中庆开张。

能治百病精断症，赢得美名满街坊。

难为一身儿女债，朝九晚九养家忙。

柴米油盐勤记账，一打鸡蛋几斤糖。

可怜岁月催人老，青丝三千都成霜。

春来无力秋咳嗽，谁为国手加衣裳。

光阴辘辘如轮转，停车不识旧同乡。

千里姻缘原是幻，儿孙福分几时尝。

嫦娥应悔偷灵药，须知此药可断肠。

月亮光光月亮光，万里长城万里长。

二〇〇八年七月，香港

图书在版编目（CIP）数据

停车暂借问／钟晓阳著 .—— 北京：北京十月文艺
出版社，2019.9
ISBN 978-7-5302-1918-8

Ⅰ.①停… Ⅱ.①钟… Ⅲ.①长篇小说－中国－当代
Ⅳ.① I247.5

中国版本图书馆 CIP 数据核字（2019）第 030898 号

停车暂借问
TINGCHE ZAN JIEWEN
钟晓阳 著

出　　版　北京出版集团公司
　　　　　北京十月文艺出版社
地　　址　北京北三环中路 6 号
邮　　编　100120
网　　址　www.bph.com.cn
发　　行　新经典发行有限公司
　　　　　电话 (010)68423599
经　　销　新华书店
印　　刷　北京天宇万达印刷有限公司
版　　次　2019 年 9 月第 1 版
　　　　　2019 年 11 月第 3 次印刷
开　　本　890 毫米 ×1270 毫米　1/32
印　　张　8
字　　数　160 千字
书　　号　ISBN 978-7-5302-1918-8
定　　价　49.80 元
质量监督电话　010-58572393
如有印装质量问题，由本社负责调换